2021中国年度　诗歌

《诗探索》编辑委员会　选编　林莽　主编

漓江出版社
·桂林·

目录
contents

编者的话

今年的诗选，入选了200多位作者分别登载在80多家报刊上的作品。这些不同年龄段的诗歌作者，分布在全国各个省市，基本体现了当前诗歌写作的大致形态。

我曾说：中国新诗诗坛是一片生机勃勃的荒原，充满了活力，写作人数众多，但基础教育不足，诗歌批评和诗歌研究影响力薄弱。诗人们都是自我修炼，自我教育，自由生长，多为随风起伏的荒草，少有玉树临风的俊杰。中国诗坛有众多的诗歌小群体，构成了多个自足体系，内部交流、相互点赞、自己评奖，相对独立，与整体诗坛有着多方位的连接，较之以往，减少了争执和相互指责，各得其所，平和相处。但许多人只是在写，明显缺少对文化整体和诗歌本质的认知。有情怀，有格局，潜心艺术追求、有广泛影响和公信力的诗人寥若晨星。但因为写作者基数大，中国诗坛的优秀诗人数量依旧是可观的。这就是中国诗坛的现状和基本形态。

当然，任何时代优秀的诗人都是绝对少数，但任何时代也都不缺少真正的诗歌追求者。我们这本年选的入选作者，用他们的诗歌作品，向我们展示了中国诗坛当前的写作倾向和审美所求。

我们在这本年选的选编过程中，注意删除了有以下问题的作品：

一、作品的语言是不是诗歌的语言，具不具有汉语语言的艺术特质，语句中是否言之有物。凡是语意模糊、表面修辞、随意断句、缺少韵味、散文分行的作品都会被淘汰。

二、诗歌的内容是否有自己的发现。那些经常可见的、同质化的作品，那些内容空泛，只有一些似有诗意的句子，或有句无篇，缺少真切的感知与领悟的作品都会被淘汰。

三、诗作简单构思，平铺直叙，缺少潜在的、可散发的意味，缺少生命的律动，概念替代了应该有的情感、情绪、潜意识等的作品，与作者毫无关联的作品也会被淘汰。

近几年来，我们在阅读中发现，某些有一定诗名的作者，为了体现创新和与众不同，写了一些语言逻辑不通、病句频出的所谓的诗歌作品，堂而皇之地刊发在一些刊物上；还有一些似有诗意，实则为毫无意义的空话，大而无物，华而不实，徒有其表的作品也到处泛滥；更有一批看上去是源自生活体验，但已有许多人写过，几年前还算朴素的、乡土的、接近底层意识的作品，现在看已是多有重复、同质化、泛泛化、缺少意识再提升的陈旧制作。翻看我们的诗歌报刊，这类作品几乎成为版面的主体。由此可见，我们的诗歌基本观念和文学批评，还有待提高和加强，我们的诗歌编者还应提升专业精神和业务水平。

我们还看到，有大量的、不入门的、随意写来的垃圾作品，充斥着刊物、网络、公众号，污染了我们的诗歌环境。我们的读者和诗歌艺术的爱好者，需要有明澈和清醒的阅读眼光，才能在众多的劣质品中发现真正的好作品。

年选是为诗歌写作者和爱好者提供阅读与借鉴的好作品，是为诗歌文本研究者提供每一年有艺术价值诗歌的作品。我们在编辑过程中，为了选出相对优秀的作品，翻阅了大量的诗歌报刊，经过反复比较，多次淘洗，完成了每一年的年度选集。我们相信阅读者都会从中体会到我们的工作宗旨和成果。

时代在变化，审美在发展，作为致力于中国新诗理论和创作研究的《诗探索》，我们希望每年为中国新诗留下一本有阅读和研究价值的诗歌选本。请大家关注并支持我们的工作，指出我们的不足，我们渴望为中国新诗的发展做得更好。谢谢。

林　莽

2021 年 10 月

疗　养

阿　门

不冷不热时，去疗养，去一个
不远不近的海岛，散心

今年心有点累。因单纯
为自己人所伤，一个玩阴的人

我不愿再提起他
我不愿再对大海，提起此事

把此人此事，葬在异乡
把自己的魂，喊回来

喊回自己的初心
像刀剑回到鞘里

像会游泳的海水
每日清洗自己的身体

疗养后，退潮的海水
退去残留的阴影

疗养后，倒空鞋里的沙土

带一双干净的脚回家

（原载《文学港》2021 年第 4 期）

烧车淀

阿　民

泪水竟然如此广阔，那得有多少苦难
广袤大平原的脸上，竟有这样硕大的一颗眼泪
每当夜幕拉开，它会显得格外晶莹
那些曾经走过的生灵，都躲在夜的背后
偷偷打量这个尘世，有不舍，有遗憾，还有胆怯

一有欢快的曲子传来
它会随着旋律，恬静和温柔地荡漾
一有滚滚的烽烟点着夜空
它会掀起波澜，直到发出噼噼啪啪的声响

（原载《雄安文学》2021 年第 1 期）

水碎在了水里

阿　华

我见过流水的柔软，带着

雕刀的锋利
滴水穿石，那是另一种意义的重生

我见过另一种悲伤，克制中
带着无法言说的痛
像灰色的江面，缓缓吸进傍晚的雾气

昨夜，有人在倾盆大雨中
听巴赫
他想与人谈谈孤独与死亡

那些低于江水的哭声，催生出
永不决堤的眼泪

……水碎在了水里

（原载《诗潮》2021 年第 4 期）

山中小记

阿　华

每次想念的时候，我就去山上
种一棵小树
深藏的爱，就有了别样的落处

上了年纪的老人在山里造庙
每垒一层石头
他就把善和慈悲，留在了心里

霜降的第二天，农夫的菜叶上
落了一层薄薄的白霜
它们遮住的，不是浮世虚名

远处有熟透的柿子，啪嗒一声
掉在地上
惊起的涟漪，圈住了一个人的叹息

秋天快要过去了，我不怎么
爱说话了

——刚刚那些，你听见就好

（原载《诗潮》2021 年第 4 期）

鬼针草

阿　蘅

鬼针草在石头上磨制缝衣针。曼陀罗刺球儿果
你想起它的俗名“老鼠怕”。芦苇茎叶倦怠
举着一河岸荻花

草籽确实已老
（但没发芽。至少还缺一场春雨。春天还很远
冬天已倾耳可闻）

妈妈，五六年了
你走后我的衣服就再没人缝补
你遗留下来的缝衣针
别在木窗框石灰墙线轴上
生锈，消失不见
我坐在收获后的田埂上
消失了的缝衣针
一根一根
别在牛仔裤两只膝盖的破洞处

秋风吹拂，寂静田野里
万物苍黄、凋敝，太荒凉了。我坐在田埂上
衣服上挂着几枚鬼针子

（原载《星星诗刊》2021 年第 4 期）

白茶之夜

安 琪

陆续有人加进这个夜晚

来，挤一挤
白茶总能腾出它的青涩给你
你的遥远的青春正从遥远的某地赶来
只需一盏茶的工夫
你就将与你的青春重逢

那雨水和泪水筑就的青春
那失败与再失败、努力与再努力修砌
而成的青春，此刻已站在金海湾酒店
玻璃门外，今夜，你与你的青春
在此相认
啊，身形瘦削的青春
一无所有的青春

今夜，白茶见证了青春脸上的惊愕
肿胀的中年，羞愧于青春的矫捷
怯懦的中年，羞愧于青春的勇猛
平庸的中年，羞愧于青春的激昂
一再妥协的中年
羞愧于青春的无所顾忌、青春的奋不顾身
即将萎谢的中年，羞愧于青春的茁壮成长

今夜，我奉上一杯白茶
致已经消逝的青春。那些埋藏在
青春体内的秘密，尚未到可以解密的一刻

（原载《福建文学》2021 年第 8 期）

疲乏书

白　海

后半夜，梦见身子里长出十个肩膀
像十对翅翼，从谷底挣扎而起
十个肩膀是亲兄弟，他们为我
扛风挑雨，彼此有分有合，各自担当
仿佛一切有了条理

蚊虫来袭，一巴掌将自己
拍醒，十个肩膀得而复失
莫名的倦意，连同夜色，重新覆盖了万物

（原载《诗探索》作品卷 2021 年第 4 辑）

袁河谣

白　海

沙堤曲折，种满了荠菜。斜坡上
芒草丛生，河面漂着些杂物，隆隆沙船声
还有匍匐于城市
底层，风雨飘摇的浮桥

我喜欢，一个人在浮桥上小憩
任由河水摇摆

自行车铃擦身而过，钢厂喷出浓烟
泣血的黄昏，远处灯火
两岸枫樟，虫鸣，狗吠
一同摆动我。多少年过去了
我钟情于，这孤独而深彻的快乐

今天，行驶在渝州大桥车流里
我仿佛又看见了，那条奔跑的河流
那座浮桥，那阵瘦削的风
那枚浸入水中的落日

（原载《诗探索》作品卷 2021 年第 4 辑）

那条路真的不见了

白庆国

当我用归乡的目光审视
也不见踪影
眼前是一片狼尾巴草
在冬天的风中摇摆
我记得它就在距离村庄 150 米处
东头有一个废弃的井台
沿着它往西走，尽头是果园
父亲每天沿着它走三次
傍晚，我沿着它去果园叫父亲吃饭

路上的野蒿散发着难闻的气味
晚上十点果园没人之后
我会与父亲一起沿着它往家走
父亲拿着饭盒
我背着父亲用了二十年的军用水壶
水壶碰到腰带扣会发出铝的迟钝的声音
有时为了避免它的声响
我会用右手摁住水壶的摆动
明亮的月光下
我和父亲并排走着
身影紧紧相随
晚饭后，父亲会重新沿着这条路去果园
那个时辰是父亲一人
左手端着饭盒右肩背着水壶

如今，路不在了
果园不在了
父亲也不在了

（原载《诗潮》2021 年第 9 期）

契诃夫的童年

柏 桦

契诃夫，你相信这句话吗？

“爱是我们贫贱的一个标志。”

——题记

我的童年是从冬天
冷得发抖的黄昏开始的
当然也包括夏日的寂寥
和成千上万飞来的苍蝇
以及爸爸打过来的拳头、
耳光与皮鞭……
“我小时候没有童年生活……”
（契诃夫语）除了学校，
就在爸爸开的杂货铺里干活。
铺子里的东西真是应有尽有啊
（气味乱窜，糖有煤油味、
咖啡有青鱼味、米有蜡烛味）
鞋油、草鞋、鲱鱼；
雪茄、笤帚、火柴；
甜饼、果冻、茶叶；
面粉、樟脑、香烟；
橄榄油、葡萄干、捕鼠器……
还没有完：通心粉、伏特加、
喀山肥皂；对了，还有药，
譬如治热病的“七兄弟血”，
病者一般爱就着白酒喝；
“喜鹊草”名字好听、无杀气，
也治热病，也拌白酒喝。

"那么'巢房'呢？"契诃夫问，
（他对这种水银、石油和硝酸
合在一起的"毒"药很迷惑）
爸爸说："等你长大了，自然会知道。"
为什么"阿里亚克林斯基膏药"
却少人问津呢？契诃夫继续想……
但有一次，一个警官不付钱
就拿走一盒。他说要治
他猎狗的疥疮。一周后，
在沸腾凌乱的集市上，
小契诃夫目睹了两句对话——
爸爸以讨好的声调问：
"您的那条狗怎么样了？
贴了膏药好了吗？"
"死了，"警官阴沉地说
"它肚子里长了蛆……"

（原载《江南诗》2021 年第 4 期）

杏花落在母亲乌黑的头发上

包立群

母亲养鸡养猪，还是单位的业务骨干
管劳保用品，一双手套都没拿过
对自己的洁身自好

她常常津津乐道

冬天一大缸腌酸菜
一两缸芥菜
夏天满园子果蔬高低错落
这个开花那个结果

如今我常常走神
我看见母亲坐在小板凳上
俯下身子，刷缸，下酱
一两朵杏花，落在她乌黑的头发上

（原载《草原》2021 年第 1 期）

临　帖

冰　水

青灯宿墨，与夫子对坐。
梅雨江南，河水汤汤。
提笔，又搁下。七百年前的古宣
可有隐喻的琴音？浓墨处
有一处巨大山崖。金戈铁马
从断弦处奔腾而出。

林深读佳木。那些被岁月磨耗的

古人、王朝和风雨隐于墨履。
那些被文人士族粉饰的
春华秋实和燕雀奔马，隐于墨履。
乱世危崖，灰烬里
竟无一字潦草。

夜已凉，风动。蟋蟀鸣叫，
粘住我抄写的诗句——
我抄写《雪夜访友图》，抄写
赵松雪、管夫人，也抄写
墨竹压寒，老梅旁逸。

（原载《诗潮》2021 年第 1 期）

刻　章

陈　功

到锋刃上走走的想法由来已久
去年夏天，请求过一位朋友捉刀
让名字倒着走入石头
现在想想没有必要，理由有三
其一，可以确认始终保有负面情怀的人
缺乏的不仅是安全感；其次
无论是歇脚店还是盖棺论定
都可能是白纸黑字的维度

其三，对于这个的名字来说
没有人比我更了解，哪一刀应该深
哪一刀浅些
我有自己的反正，自己的方寸
江山社稷草木谁说了都不算

（原载《文学港》2021 年第 9 期）

变　身

陈　克

有时候，你不把自己看得过于大，
你就可以变身为一只蚂蚁。
那时，你就有可能真正到达大地的根部。
一滴露水，
就够你喝上好多天的。
你也不要盖那迷宫似的房子，
随便一个针眼大的洞穴，
就是你极好的眠床。
因为小，你不会与世界争霸。
因为小，你找到了世界上最细小的光线。
一个孩子，常常惊奇地指着你说：
瞧，这一颗走得好快的芝麻。

（原载《红岩》2021 年第 2 期）

捉迷藏

陈　亮

在桃花园，我和那些丫头常常
玩一种叫捉迷藏的古老游戏
往往是我藏好了
好几个丫头来找我
无论我在桃树的枝杈间蝉附
还是埋草丛里当蚂蚱——
她们都能轻易找到我
找到了，就用桃花汁在我的额头点上胭脂

桃花园里几乎所有能藏身的隐蔽处都让我们藏遍了
一时索然无味。直到有天傍晚
等她们藏好了
我才发现那些寻常的藏身处
已经找不到她们了
只剩一些洞口还在黑黑地冒着冷气

我用弹弓往里面投掷石块
居然也听不到回声
我怀疑她们是从这些洞口走失了
去了另外的地方
我害怕极了，桃花园里响起了
一个孩子孤独而又焦急的哭声

——多少年后，当我在千里之外
惊讶地发现了她们
她们说的话我听不明白，对桃花园
也置若罔闻，只报我淡淡一笑
让我开始怀疑自己，是真的认错人了

（原载《中国作家》2021年第2期）

雪　迹

陈一默

要怎样形容才说好呢
一夜之间，地上都白了
原野的榫卯已没什么秘密可藏
唯有雪出神的地方
尖尖的犄角落在屋檐的瓦楞上
这世界多么干净啊
是的，看看来日无多
我当要努力
翻开地上的沙皮，看那些春天的笋子受孕
那些被侮辱、被热爱过的生命
仍在黑暗中
我想要为它们加一瓢热水
我想让尖叫从掘地三尺的地方冒出来

（原载《广西文学》2021年第8期）

关于子弹

陈小虾

1

有的子弹是石头，有的子弹是糖果
有的子弹是塑料，有的子弹是清水
有的子弹是眼泪……

2

如何阻止一颗子弹的飞行？
唯有疼痛、唯有命中、唯有死亡的气息。

3

当子弹穿过棉花
是否有过一丝丝柔软和迟疑？

4

年少时射出的子弹
为何在猝不及防的午后
击中我？

5

異城的一堵墙
留下许多弹孔
有的弹孔里还长出黄色的雏菊

（原载《福建文学》2021 年第 3 期）

我所认为的……

迟　顿

苏格拉底不是死于一杯毒芹酒
耶稣也不是死于十字架
人心的狭隘禁足于世俗的镣铐
伟大的信仰死于伟大的审判
我在人间活了四十年
有山的棱角，海的平静与咆哮
却不知道身体里长有多少软骨
我有灵魂，总不附体
我有气节，也总是弯腰弓背
我迷失而不清醒
总是在梦里
往返于雅典和耶路撒冷
总是不停地，一边为他们塑像
一边为自己建造哭墙

（原载《山西文学》2021 年第 2 期）

母　亲

纯　子

我从未想到，
手术后的两年，母亲会从自己的照片中

选出最喜欢的一张
去照相馆放大，作为自己的遗像
照片上的母亲
笑容可掬
那时她还没生病
还没有胃切除，还没有一次次
经历化疗，生不如死
其实母亲知道，她再也无法
回到以前的模样，也回不到以前的
身体：一顿吃一大碗饭
一担能挑起上百斤。像一段已经松掉的
松紧带，她再也不能
在镜头前
拍出那样的照片：沧桑
但康健，淳朴但圆润
她必须要像当初
接受贫穷的生活、不认字的命运般
如今来接受病痛和死亡。母亲说
没有永远的相聚
死亡不过是另一种形式的存在
多年后，她会和所有消失的亲人一样
以一张照片的方式，活在
我们当中

（原载《星星诗刊》2021 年第 2 期）

拾荒者

敕勒川

与大多数拾荒者不同，他衣着干净，面目清洁，即使
俯身垃圾桶的时候，他也会把身前的衣服
小心地按住，然后，轻轻地，把一个矿泉水瓶
放进随身携带的干净的包里

他就住在我们这个小区，但我从未和他说过话
我在傍晚散步的时候，他辗转于各个垃圾桶，但似乎
他比我走得更加轻松、沉稳，相对于我的匆匆忙忙
他干净的背影，更像是闲庭信步

当我站在垃圾桶前，我忽然明白
在这人世间，我们每一个人都是拾荒者
只是方式不同，捡到的东西不一样，而唯有他
即使生活糟糕成了一堆垃圾，他也没有放弃自己
正是这小小的尊严，让生活不敢太过猖狂，让他
超越了我们大多数人

（原载《诗歌月刊》2021 年第 6 期）

一只兵蚁登上幽州台

崔宝珠

一只兵蚁

在成堆的同类尸体上缓慢地爬过
对一只蚂蚁来说
刚刚过去的这场战争
已经很遥远了
它疲惫又茫然
用尽最后的力气爬上了一片草叶
落日浑黄照着它的铠甲和复眼
也照着孤独的陈子昂
怆然涕下的诗人
永不知道，他在这只可怜的兵蚁眼里
模糊，宏大，如一尊神
神降临在苍茫的土台
他将目光从黄金般的暮云那边收回
最后看着自己空空的双手
天地之悠悠让他恐惧
他边哭边向虚无中走去
在那里，他将遇到这只沉思的蚂蚁
并将它送入历史的尘埃深处

（原载《北湖诗刊》2021 年第 1 期）

我曾经在海边居住

大　解

大海动荡了多年，依然陷在土坑里。

而山脉一跃而起，从此群峰就绪，座无虚席。

这就是我久居山下的理由。众神也是如此。

我写下的象形文字，发出的叹息，

与此有关的一切，也都将

接受命运的驱使。

我这是啥命啊，

等到大海安静了，我才能回去，过另一生。

（原载《福建文学》2021 年第 4 期）

大 风

大 解

大风在欺负一个老人，

让他腹背受凉，到了山口，仍无法停下。

大风来自边缘，它袭击的目标

是太行山，也可能

是模糊的黄昏。

已经翘边的华北平原正在卷曲，像一张饼。

而一个老人背对时间，选择了顺从。

他知道无法抵抗。

他知道星星正在暗中窥视，

已经选中了受命人。

那些被垂直牵引的都已上去，

而他流着鼻涕，隐藏在衣服里，

越来越弯曲。他早已认命。
他不是一个稻草人，
却有内部的真空。
连他自己也不知道，
他的脖子上面，长着我的面孔。

（原载《福建文学》2021 年第 4 期）

喜欢与爱

代　薇

喜欢是看得见风景的房间
爱是密室

喜欢是心动
爱是心痛

喜欢是安全的
水在瓶中，云在天外
恰到好处的距离
适可而止的想念

爱是危险的
如刀尖上的蜜
为了甜

你得以身试刀

（原载《诗刊》2021 年 2 月上半月刊）

我也曾对那种力量一无所知

代　薇

我也曾对那种力量一无所知
当我开始慢慢理解
宿命的意义
它是存在的
并不神秘
就是，你在遭遇一颗子弹的时候
应当明白
这一枪，其实早就开了

（原载《诗刊》2021 年 2 月上半月刊）

喜马拉雅山

灯　灯

和我交谈的鹰，带着雪的光芒
俯冲向下，阿布说
我们是有福的，看见雪山上日出

是有福的

有一刻我确信喜马拉雅山上

住着神灵

就在我看见，与未见之间

而和我交谈的鹰

继续

俯冲直下，向着比雪山更苍茫的人世——

一位尼泊尔男孩，他和我不同

他和我，身上的

尘土不同啊——

清澈的眼神：住满了雪山、湖泊、太阳

以及我

……前所未有的宁静。

（原载《江南诗》2021 年第 1 期）

一张白纸在飞

灯　灯

白鹭要带着水中的自己

远离冬天，所以它飞翔

远远望去，整片水域都跟着它飞
接着是山脉，是山脉后面
黄昏的村庄

更远一点，是冬天，是尘世
远远望去：

一张白纸，领着茫茫的尘世在飞。

（原载《扬子江诗刊》2021 年第 1 期）

没有一滴雨……

东　涯

是的，没有一滴雨
认为自己造成了洪灾
它只是在清明时节落下来
打在花束上，令墓碑显出斑驳的气象

只是用破碎的方式
告诉我们：一翻一覆兮如掌
一死一生兮如轮

没有一滴雨，不和我们一样
受制于向下的力量

——在时间的罅隙里，无论这雨滴，还是
独居的树，群居的河流
最终都走向孤独

没有一滴雨认为自己造成了洪灾
今天你悲伤，就请看看这雨
这向下的速度，这延展的斜坡——

远山静默，红萼无言
墓碑和雨点的对话，道尽无限之事
也打开了隐蔽与敞开的
路径：一切都在以各自的方式发声
一切，都在以既定的方式流逝

（原载《特区文学》2021 年诗歌专号）

大雪记

丁戎耕

大雪之夜点灯听雪
能听见天地万物的寂寞，能听见
这一片雪花追着另一片，一直追到
山里的某个角落，心里的某个角落

大雪之夜点灯听雪，能听见

大山的温暖和火盆的寒冷，能听见
满山的大树同时转动年轮，从这一个
刻度，转向下一个更深的隐秘之处

大雪之夜点灯听雪，能听见
孤独是一个无处不在的影子
与烛光的明暗逆向而行
在蜡炬成灰的那一刻，回到自己的宿命

大雪之夜是戍边人的还乡路
一座记忆的山冈连着另一座
失忆的山冈，刚刚是春风十里
一转眼就是四顾苍茫

仿佛日夜兼程跋涉了很远的路
却并不知道要奔赴一个什么地方
仿佛来到了一个前世来过的地方
却打不开离去时锁上的门窗

数不清有多少这样的大雪之夜
戍边人沉默不语。唯一能出山的垭口
已被大雪覆盖，唯有独龙江
带着它自己的欢乐和忧伤，流向远方

（原载《诗探索》作品卷 2021 年第 4 辑）

天暮欲雪

邓学云

雪在唐诗里，一直没下来
他在房间里踱步，踩痛
有些烦躁的时间
一会儿看看灰蒙蒙的天空
一会儿看看凝固的远山
送信的人来了又走了
都是些陈年的消息
放学的小孩在窗外抛掷银铃般的笑声
水在壶中嘀咕一个冬天了
太孱弱的风始终扬不起纸上干枯的雪片
他取下眼镜，从深邃的眼窝里抬头
空气中飘浮微小的灰尘
暮色即将降落，天空回光返照的亮
他听到皮肤下的兽蠢蠢欲动
端着热茶，站在窗前
细小的、洁白的雪花漫天飞舞
如一场梦和
一些失散多年的句子
为此一刻
他已等了千年不止

（原载《广西文学》2021 年第 5 期）

黄昏的江堤

邓朝晖

初愈时的江堤
如同初愈后的我
江水不是秋天看到的那样紧张
它青灰色，流动迟缓
一只运沙船驶过它腹部上的褶皱
紫云英顺水而生
油菜花有迟暮之美
人们在屋前淘米洗菜
收下潮湿的衣衫
我从江堤走过
大风轻袭
黄昏如瓷器
疑是故人到来

（原载《飞天》2021 年第 5 期）

故　乡

邓醒群

请宽恕我这个不善言辞的人
说不出合时宜的话，表达对故乡的敬爱
语言僵化，而笔尖上的墨水也被风干

文字的原意，笔是不能写出来的

明月许给了理想，梦中之梦一片空白
浓墨淡笔，画不出真正的人
正如画出来的兰花
只有虔诚的人才能闻到它的香

有些事需得慢火来炕焙
时间，是最合适的炭
生活，越焙越酥。一粒尘埃
落在头上，一座山
我，如何能搬得动

（原载《黄河文学》2021 年第 1 期）

春　秋

第广龙

虫子叫声微弱
青草衰败
即将过完一生
它们是幸福的

它们是幸福的
它们有两种命

来年，青草变成虫子
虫子发芽

其实它们超越了生死
一年又一年
虫子和青草互换角色
青草愿意让虫子吃掉叶片
虫子用剩下的力气
抱住青草的根

如果那一年虫子稀少
青草也不茂盛
那是这一年的冬天太冷了
虫子和青草依偎着做梦
忘了变成虫子
还是变成青草

（原载《延河》2021 年第 1 期）

从山上下来

段若兮

山路跌宕，回旋，交错，扭结
那是怎样的踟蹰和痛苦？
无法说出的深情，让山体变得沉默

山路越爬越高，陡峭，危险
孤独中不断闪现新的风景
山林葱绿茂盛，似乎
时间在这里获得了生长
而具有了草木的筋骨

他希望这山路没有尽头
那么带给父亲的酒，一直都在途中
走到心底的创口被山风抚平
走到愿意放下愧悔
牵挂和遗憾。等
一轮山月升上头顶

下山的时候，他想起长眠山顶的父亲
独享那么清洁的山风，那么完整的月亮
和水波般漫涌而没有边际的寂静
忽然有了一种宽慰

（原载《滇池》2021 年第 10 期）

火车，穿过秋山

二 缘

秋山，是个小站

只有两名扳道工

从火车上下来的
是本地的山里人

刚上去的，下次
也是这样回到山里来

小站，也停货列
把土豆运到山外去

火车穿过秋山时
夕阳，挂在山楂树上

（原载《诗探索》作品卷 2021 年第 1 辑）

我更在意的，是老榨坊里的响动

二 缘

老榨坊，建于晚清还是民国
反正是很有年代感

我更在意的，是
老榨坊里的响动

比如，榨油工喊一下
油槽就滴几滴

比如，石头与木楔子的撞击
它们都不说一声痛

再比如，房梁上的尘埃
不碰也会掉下来

（原载《诗探索》作品卷 2021 年第 1 辑）

舞　者

冯　娜

她给我看她的脚，又给我看她的肩
不是女性也不是男性的脖颈
舞者是一种暗紫色的性别
她给我看一场风暴，我在剧场之外的战栗
她给我念一条简讯，人群挤在屏幕上低泣
受难的人和喜乐的人走在同样的道路上
她在属于我的祷告中拆除庙宇
在我未完成的诗句中丢下种子
我给她看我的目光——
那凝固的、舞者的雕像

（原载《民族文汇》2021 年第 2 期）

长　夏

冯　娜

更南边来的人，会懂得夏日如此漫长
有时河和海一样没有尽头

白鸟的滑翔比机翼轻盈
躲避风暴，是醒着的时候要做的事
只有在水上漂流过的人
才会真正去信任一艘船

只有南边来的人，会捡拾豆荚状的种子
天空扑打着蓝色、绿色的脏器
现在，凤凰木和杜英树静静整理着花冠
人们抬头，感到远处正有船只驶来

夏日轻易地找到了南方，和几粒橄榄一样
一些沾着盐，一些蘸着糖

（原载《民族文汇》2021 年第 2 期）

孤　独

非　亚

孤独有时是一枚很小的

回形针
有时是大得惊人的一块巨石
那枚回形针靠近我的
时候，我几乎像忽略一只蚂蚁一样
忽略了它
而当它像一块巨石
离我越来越近
在傍晚
慢慢地充满整个房间
我本能地跳开，想逃离这块巨石渐渐压迫过来的阴影
并迅速地拿起桌上的手机
拨打了某一个
距离遥远的朋友的电话

（原载《诗潮》2021 年第 5 期）

很多天没有写诗

方石英

几乎成了废人
疫情继续，我在花坛里
撒下若干蔬菜种子

北方的春风吹了又吹，谷雨后
终于稀稀落落地发芽

当酢浆草偷偷开出紫色小花
我的忧愁是一只麻雀的忧愁

心酸之事只能说给石头听
弹指间四十不惑
虚无的春色被打上马赛克
头发少去三分之一的风险已成事实

不可饶恕一个诗人
很多天没有写诗
于是很多天我都在梦里戴罪立功

（原载《西湖》2021 年第 5 期）

在某处院墙外小坐

甫跃成

红门，青瓦，泥草墙。山与平地的
接壤处。在老家，我们也有类似的院子。
他们的布局，比我们的，更正统一些。
墙内有方言传出，也比我们的，更纯粹一些。

这是过去时光里的某个场景，
还是我刚刚做的，一个梦？

正午时分，绿树荫浓，溪水耀眼。
没有一个人路过。蝉鸣声中，万物集体静止。
两面石鼓躺成圆凳。我在一面上
坐了许久。我不知道那是谁家的门前。

（原载《广州文艺》2021 年第 7 期）

大　雪

甫跃辉

我梦见下雪，在从没下过雪的
云南的大院子里。奶奶，我梦见
你在大院子里一个人说话，做事
时间排好长队，等着从你的生命里驶过
你刚仰起头张望何处才是尽头
雪就落下来了。雪落在
大院子里，落在你的荒芜的时间里
也落在我的屋子里
（梦里的屋子没有顶吗？）
单人床、椅子、书架、早已忘却的玩具火车
落满了雪。泡沫一般堆积的雪
迷雾一般流淌的雪
雪如盐粒，是咸的、苦的
走出屋子，我随你仰起头张望
漫天的雪真大啊，奶奶

我们都望不到尽头啊，奶奶
雪落在你的也落在我的眼睛里

（原载《扬子江诗刊》2021 年第 1 期）

李白投江处遇雨

高若虹

雨说下就下　像一个人的哭
一个人对另一个人边哭边说些什么

那么多的雨　那么多的话
说给谁　自然不用我提示

跳到江里的雨　瞬间就消失了
我相信　不是溺水　是打捞
打捞谁　也不用我提示

而落在联璧台上的雨
摩擦　拉扯后又滴落江里
仿佛　石头也在抽搐哭泣

也有落在我脸上的
尝尝　有咸涩的味道
但不是我的泪

还有雨　平平仄仄地打着我们的伞
听声音　是在质问我们诗人的身份
更像押着韵走着的一首词

关于这场雨　真实得
如一场仪式　但与我无关

我们这些诗人走了
雨没走　独自淅淅沥沥地下着

树没走　三台阁没走
湿漉漉地　在收集一千多年还活着的诗句

一滴雨抱着一滴雨　无数的雨滴抱在一起
亮汪汪的　仿佛将水里的那轮明月抱起

（原载《鲁北文学》2021 年第 1 期）

大衣橱

高建刚

母亲那个带镜子的大衣橱
叠放着父母、大哥、二哥和我
的四季内外衣，紧密相依

散发着干净的樟脑味

母亲总是亲手开关抽屉和橱门
生怕它被碰伤
即使在她难以行走之际

我们穿着那些衣裳长大成人
父亲穿上全部的衣裳去了天堂
衣橱里只剩下母亲的四季衣裳

母亲乘着白露升天
收废品的人将带镜子的衣橱搬走
他们在街上
砖头手脚相加
拆卸声重重刺入了我们骨髓

衣橱瞬间化为一堆柴火
大哥二哥和我锁上了没有母亲的家门

（原载《福建文学》2021 年第 11 期）

芦荻之辨

高鹏程

我曾指给你芦花与荻花的区别

喏，那蓬松细密的，那清白舒朗的
事实上，它们的区别并不大，
它们都有过被称为蒹葭的青涩时光
有过少女如瀑般的青丝，有过秋风
一天紧似一天的逼迫
有过一夜蒙霜之后微微发红而后迅速变白的发际线
人群中，你看到过一个老年妇女和少女一样
清澈的眼神吗？你看到过
一个少女和一个中年妇女脸上同样的忧戚吗？
所以请你不必刻意去区分它们
“枫叶荻花秋瑟瑟”
“芦花开了，野茫茫一片，
人世间到处都是茫茫无用的真情”
你看它们并肩站在那里，一个并不是一个的另类
而是苍茫的孤独，是孤独的复数

（原载《花城》2021 年第 5 期）

父祭：外乡之夜

高鹏程

突然安静了下来。难得有这么漆黑的夜晚。伸手
几乎不见五指。只有很远很远处
几点稀疏的灯火，已经和星星混为一谈

这是异乡的夜晚。“星星又亮又胖，一颗足有 4 两”
难得想起一句诗，难得这句诗和这个夜晚
如此契合

突然就忘掉了哲学和隐喻。突然就回到了
繁星密布的童年

……突然，就听到了几声狗叫
就看到了星空下的故乡小院

看到了正在喝中药的父亲
以及更多亲人的脸……
他们都还健在，还未曾被深深怀念

（原载《长江文艺》2021 年第 8 期）

钥　匙

管清志

两把钥匙在我腰上挂着，叮当作响
一把我给它起名叫现实，它有华丽的纹理
打开的门，盛放着我当下虚荣苟且的肉身
另一把名叫理想，它时隐时现
常常在深夜，把我拉进空旷的荒野

有时候，这两把钥匙混淆了身份
我不经意拿着现实的钥匙去开理想的门
额头上，布满伤疤，白色的墙壁
一道一道，刻着深深的划痕

（原载《北京文学》2021 年第 3 期）

一个有霜的早晨

郭晓琦

浓浓的霜雾压下来，崖畔上的枣树
将佝偻着的身子
向下又弯了一下
这些正好被我看见

我还看见，它把枯黄的叶子
一把又一把
抛撒给经过的西风，纷纷扬扬地飘
仿佛是在抛撒
堆积在身体里的忧伤

这时有出殡的唢呐响起
一个小男孩，喘着粗气从我面前跑过
他披着白孝衫
披着这个冬天的第一场白霜

他还小，他的伤心并不怎么明显

（原载《猛犸象诗刊》2021 年第 8 期）

葛老师

顾耀东

那天母亲被带走
关进一个棉花收购站
让她交代每天从镇上老虎灶
贪污了几瓶开水……
母亲的思绪和身边的棉花团一样
从那个时候开始
母亲的神经
错乱了一辈子

母亲被带走的第二天
我去上学
从东街到西街的小学
我不敢抬头
我数着铺在街上的青石板
青石板下流着水……
我想这个时候
母亲也在棉花堆边想着数字
想着哪个夏天给哪位伯伯一杯茶

想着哪个冬天给哪位奶奶一瓶水

我不知怎么走进课堂
也不知怎么坐到座位上
葛老师　您来了
您走到我的身边
抚摸着我的头
轻轻叫了一声：东侯[①]

（原载《诗探索》作品卷 2021 年第 2 辑）

一只羚轻盈地跃过梦境

刚杰·索木东

百年以前的那只羚
高贵，警觉，绝尘而去
一只孤绝的角，放置案头
隐约还能听到
打马归来的安慰

离乡三十余载，已无意逗留
不会有羚群出没的高原
在甘南，诗人阿信说
“从天边滚过的马……

① 侯，南通方言对男孩和儿子的称呼。

一匹也看不见了”

出远门的时候，总会
轻抚这根陈旧的皮鞭
渴望有一只羚，或一匹马
和你一起，跃过梦境

这些年，总是对万物奢求太多
这些年，尚能对众生心存悲悯

（原载《青海湖》2021 年第 4 期）

你的温度过来了

海　男

你的体温，升过了树梢的高处
有着我想要的温度
黑暗洇湿了脚踝
读书人在熄灭灯光后，仍推窗远望
夜鸟栖息的地方，只是一个黑色的洞穴
或者在一道枝丫上，它的身体轻盈
如同枝叶
在漫无边际的人间，自由穿梭
你的温度过来了
如同火柴盒，里面藏有粉色的火药

香味从身后的原始森林中过来
被伐木者带来的木柴棍，多么纤细
还有数字游戏，积木房间里的光线
此刻，你的温度过来了
从冰凉岩石的存在，看一只羚羊跳过去了
跃过了看不到的深渊
你的温度过来了，我爬过了山冈
刚回到家，就看见一根根火柴棍变成了光芒

（原载《福建文学》2021 年第 3 期）

不能如是说

海　城

不能说一只蝴蝶是凶猛的
谁要是这样比喻
一定是脑子里下起了幻觉的大雨

他们会说：幻觉造就第一个诗人
这判断若是对的，卡夫卡会不会复活
博尔赫斯的盲眼是否会为尖利的光明所拨亮

蝴蝶与幻觉的关系
中间隔着什么？唯美之徒贯穿日夜的歌唱
落到现实上，比美本身更孤独

不倦的烟火
燃烧与美无关的道理
活着，有时像懦夫，有时像真理的祖父

也如奔跑着的孩子
追赶着蝴蝶，追着追着
蝴蝶就不见了
仿佛一开始，它根本就不存在

（原载《海淀文艺》2021 年第 1 期）

漫步于雨后之园

海　城

春雨残留的影子，
替天空卸载，
倦了，弓身闪动了一下，
隐入树木的枝叶，
消失不见了。

微风吹过之处，
一阵水滴的坠落之声，
重复着弹奏。
哦，寂静，如少女的贞洁，

一触即碎，
娇小的欢愉无须点睛，
却格外好看。

漫步于雨后之园，
一只呢喃的画眉鸟，
被我奉为知音。
此刻，我的一躯老身，
没有藏匿的贼寇，
在臆想中犯罪。
此刻，生和死都是小的，
前世与今生的谜团，
落向哪里，均与我无关。

（原载《猛犸象诗刊》2021 年第 47 期）

叫　妈

海勒根那

我没有听错
那一大群羊，都在叫一个单音——妈
只能从嗓声大小，粗细，长短，
分清哪只是大羊哪只是小羊
大羊的叫声，粗憨，浸泡过风雨
小羊的，稚嫩，未经世事的样子

妈——妈———妈————

它们这样叫着，所有羊一起叫着

遥相呼应、呼天抢地地叫着

不同分贝、不同腔调地叫着

妈———

它们在六月的草地上，边走边叫

在蓝天和白云的底下，边走边叫

妈————

那一刻，我也和羊群一起

试着叫了一声：妈——

妈——妈——

我叫得一声比一声大

（原载《新草原写作》“内蒙古先锋诗歌”2021读本）

回到工作室

韩 东

经过一段时间

我又回到原来的地方。

无论经历如何可怕或是狂喜

都无法撼动这里的平静。

阳光透过密密的竹林

把光影投在大片玻璃上

我斜靠在沙发上可以踏实地睡了。
一本没有读完的书被再次捡起。

现在，这本书遮着我的脸
而我的身体不用覆盖。
如果我没有从那儿回来呢?
这里也不会有任何不同。

桌椅无人搬动
盆栽缺水直到枯死。
细腻的灰土上有一些鞋印
一个闯入者梦见了无家可归的人。

（原载《扬子江诗刊》2021年第3期）

那么美的事物

韩文戈

我看到圆月出东山，宁静地升向银河
星群像秋天的银杏叶缓慢漂向远处
仿佛一只银亮的海兽拱出海面
海兽的脊背分开了海水
落日下的浪花与海兽的脊背那么美

月光照着苍老静谧的虚古镇

也照着我对面那个熟识的女孩
一阵清风吹开了她的裙裾
她浑圆的膝盖慢慢地露出来
初秋的风、她滑动的裙摆和她的膝盖一样美

那时我妈正顺着斜靠梨树的梯子爬下来
她篮子里盛放着黄色的梨子
那些浑圆的梨子泛着光
篮中的梨子、女孩手中的梨子
以及我抚摸的梨子都那么美，哦，离别也那么美

而雨天，所有的往事都将慢慢涌现
当我坐在前廊，东邻的木匠在锯木头
西邻的篾匠在织苇席，我看着雨在西山上敲打
雨雾中的小路蜿蜒着，通向山顶
它两侧滴着雨水的深草，被疾风分开

白石头小路在雨中露出来
而平时弓身走在上边，却一直被我忽略
空空的群山、无人的小路是那么美
就像我能回想起的往事那么美
所有事物不再含着人类的意思时，就会特别美

（原载《当代人》2021 年第 6 期）

水麦粑

何居华

多年没吃家乡的水麦粑了
趁回乡买点带到上海　让外孙们也尝尝
就在老屋旧址前　卖水麦粑的乡下女人
一下认出了我　她多年在我家门前摆摊
天气炎热时　母亲常叫她来家里喝水

她除了卖水麦粑还卖蔬菜　她朝我笑笑
说好多年没见我慈祥的母亲了
我告诉她老人去世了　她略略一惊　问
撤迁后住哪里　她听说我去了上海
说回来一趟不容易　死活不收我的钱
我一定要给　最后
她坚持要送我一个粑　其余收费

这事已过了多时了　但依旧
像一朵飘不走的云　久久凝在心中
水麦粑虽小　乡情却很大

（原载《诗探索》作品卷 2021 年第 2 辑）

我把每一次返回都当作浪子回头

黑　枣

这一生，我从未远离家乡
就连这么小这么小的东山村
我都没有抛弃过……
也许这就是很多人说的幸福吧
我生活安定，收支也算稳定
在这个方圆几公里的地方
就能够把漫长的一生寄托了

从村里搬到街上去住
已是我人生当中最大的迁徙
有时候我走出店门，漫无目的地逛上一圈
走着走着就又返回东山
我从不作恶，也不曾做错过什么
我把每一次返回都当作浪子回头
想起来多么好笑，却又在情理之中

每个人都曾有过浪迹天涯的冲动
把看不见的远方当作梦想
永远不能写下的诗歌才是最好的佳作
我确实不止一次地迷路，彷徨着
像一只水里的锦鲤，游弋在天空的倒影中
或者是一朵花里的风暴

我渐渐收敛了愤怒和多余的气味……

（原载《飞天》2021 年第 5 期）

蛮汉山

侯　马

在蛮汉山下凛冽的溪水边
我问羊倌放羊的事

我认为羊倌的问题在于
山羊能够抵达的地方
而他去不了

他回答了
但我听不懂

我听懂的一句是
黑羊有三只
由是我在满坡的白羊中
找黑羊

我听懂的另一句是
羊倌说
你说的我都能听懂

山羊在峭壁上移动
仿佛动图
或者说
显灵的壁毯

但羊倌并非导演
也不是晒佛的
他是一个关心羊肉价格的人

并且我远远就注意到了
他一直大声自言自语

（原载《芳草》2021 年第 1 期）

惊蛰之诗

侯明辉

有冷月孤悬屋檐，残雪高于茶盏
有一个人，为醒来的大地、河流和落日
奔走相告，喜极而泣
像另一个我，更像我逝去多年的父亲

风吹着泥泞的人间，也吹着我
吹着山坡，也吹着星空

真的想念，这些蛰伏隐忍的溪流、桃花
想念雁阵、细雨和春雷
像三月，虽抽象、遥远，但更真实
孕育着河床、灌木、子宫，万物始生

每一滴落下的水珠，都有更多的细节和表情
像惊蛰，更像给我续命

（原载《南叶》2021 年第 1 期）

昌马石

胡　杨

那一天，在风雪中看见了村庄
就再也没有力气
跨过一块石头

那一天，追赶走失的黑马
误以为，那块光滑的石头
就是它
轻轻一个口哨
它就回来了
果然是它

那一天，在满坡的鲜花中
抚摸那一块昌马石
想一个人
凝目远方的样子

（原载《诗选刊》2021 年第 5 期）

小镇之歌

胡　弦

我爱你。这爱，是晚风的恩赐。
在秋天，在静静的小镇，
房屋的暗影像阵阵晚祷。

我知道的茫茫黄昏，
不如今天到来的这黄昏。
我知道世间那么多相爱的人，
不如我爱着的这一人。

我爱你，像月亮来到天空一角，
又像一只灯笼，照着
一小片墙壁：一粒火在纸中安坐，
笑声和身影互换了位置。

香樟树像种失传的信仰，

拱桥的圆像半圆，

我爱你，像井栏，像墙角的木梯，

像那些安静的、正一点点

放弃轮廓的事物。

（原载《福建文学》2021 年第 2 期）

时间捕快

胡文彬

风声很紧，我躲藏在乡下

一个不起眼的村子里

一座普通的民房，是我的藏身之地

这是父母

很多年前，就为我准备的

他们为我找了一个女人，以妻子的身份

掩人耳目

这个女人，为我生了一个女儿

一个儿子

不知不觉，我在这里

已经躲藏了五十年

我把童年销毁得

不留一丝痕迹

把自己整容成一个

中年人的模样

而时间这个捕快
一直没有放弃
对我的追踪
我不得不夹着尾巴，疲于奔命地藏进
另一个称呼
我将用一头白发，一脸皱纹
再一次掩盖
我的身份
我是一个，不会自首的逃犯
除非有一天，凿子，把我的名字
关进一块冰冷的石头里
再也动弹不得

（原载《青岛文学》2021 年第 6 期）

小　雪

胡文彬

整理书柜的时候
从落满灰尘的书籍里
发现一封信
是三十年前写的
是写给小雪的
我想起来了，三十年前的那天
天空飘着雪

我正在想小雪
我就把雪花一朵一朵
摆在纸上
想保存下来
三十年后
却发现，褶皱的纸上
当年的雪花
变成了泪痕
在一个信封里
早已风干了若干年了

（原载《诗探索》作品卷 2021 年第 2 辑）

桉 树

胡翠南

以前曾经痛哭过，整个人掏空肺腑，一下子放空了血
之后变得干净，沉默，像路边的一株桉树。

就像现在
即使桉树在痛哭，也依然不会被你看到
它挺直了身体，脚下堆满褪落的树皮，如果你蹲下来
耳朵足够柔软，才能听到窸窣的声响
有时候你会以为听到了笑声。

（原载《诗探索》作品卷 2021 年第 4 辑）

两　岸

胡翠南

送你离开，不是因为不再爱你了
就像我一再离开自己的家

一朵白云即将告别脚下的山顶
一条狗对着远去的背影，低声吠叫

我住在不下雪的城市，内心藏着雪
霜后的果实，在用饱含的蜜来偿还

昨夜一场无名暴雨，河水一无所知
索性一路狂奔，两岸生烟

（原载《诗探索》作品卷 2021 年第 4 辑）

大　雪

黄　浩

一些雪压在另一些雪上
另外一些雪正在赶来的路上

雪拥抱着雪
雪们把自己挤成了一团

雪的上面是寒冷的浮世
雪的下面藏着肮脏的垃圾
只有雪在中间燃烧

大雪落在长安，也落在湖心亭
落在柳宗元的鱼竿上
也落在林教头的枪尖上

大雪在深夜中来
吹破了杜工部的茅屋
刘长卿在雪夜中归来
贾宝玉在大雪中出走

大雪覆盖了故乡的南山和北岭
大雪一直下着

（原载《辽河》2021 年第 7 期）

关于月亮带来的思考

黄 浩

一块石头，挂在天上
这不是山上尖锐的石头
她散发着母性的光芒

她忧伤，迷离，寂寞
有着旧旧的美丽
她是雌性的，柔软的
一块石头

有时候，一块石头
又不是一块石头

曾经，我试图用一块石头
敲下天上的那块石头

一块石头能把大地照亮
这是多么奇妙的事情

“悲伤根本不需要理由”

（原载《辽河》2021 年第 7 期）

记　忆

黄　梵

记得你尖尖的下巴，在我手上犁地
如雪的皮肤，朝我脸上下雪
你斟字酌句，成为我怀抱的一本字典

我多么高兴，春天就长在我手上
有山有水的春天里
最大的声音，来自心的花鼓
它正把寂寞，一下一下敲碎

窗外的鸟，也来偷听屋里的沉默
它不知道，衣服上的纽扣
正怀着歉意，要你守身如玉

我闭上眼，轻轻唤你
每个字都在字典里，蒙尘了太久

（原载《凤凰》2021 年上半年刊）

俄罗斯套娃

黄土层

祖宗的身体里藏着许多个
提着灯笼的母亲。她们安静，慈祥，淑静
等待来到世界。
她们都是怀孕的妇女
怀的都是女孩
一代一代母性的河流在木质的河床上
流淌。那个手握刻刀的人
注意到了身体其他部位的清秀和精细

只是不忍在肚子部分多动刀
一个套着一个，当套到第八个的时候
只有小拇指一般大的人，也有一颗蚕豆大小的心脏
她是最小的小小的套娃
还做不了母亲，才刚刚睁开眼睛
等着慢慢长大

（原载《四川诗歌》2021 年春之卷）

夜空下

黄小培

仰望夜空，仿佛深陷空寂的山谷，
虫鸣锯开的寂静里，有一条小路
通往九十年代的娄樊村，
我用十年时间走出的村庄，
至而立之年才开始爱上的村庄。
从整个村庄泼洒的灯火中，
我看到了它的陈旧，温暖而恍惚。
草木时代的娄樊村，它有耐心，
不急于跟上时代的步伐，
野草爱着牛羊，青菜爱着庄稼，
人们在有限的土地上过着简单的一生。
浩瀚的夜空里住着我的遥远的村庄，
像一片孤云飘在我的头顶，

成为过去和现在之间的平衡力。
微弱的星光带动微弱的风吹动人心，
平静的池塘，爱说话的小树林，
都在此刻孤独的人间睡去了，
而许多事物像我一样在前半夜睡去，
在后半夜醒来，陪我安静地醒着，
像那些离散多年的亲人坐在身旁。

（原载《外省》2021年5月总第9期）

芍　药

黄玲君

假如，人和植物有轮回
我愿意是一株草本芍药。也许
应是白芍，有白色的花和棕色的根
乍看与牡丹相似
但更有些乡野气。
花朵更单薄，初夏时节，
花香浓郁，在山坡上弥漫
如同一种守望，你不来，花香亦不凋零
白玉的花瓣黄金的花蕊
被剪离枝头，成为适宜保存的饮品
有一天，在城市的仓储柜架上
你一眼就认出它

依然是玉白的花瓣金黄的花蕊
而余下的过程我已做了演练：
中号玻璃杯 80 度的水温，一朵就够了
它的芳香略带一点点苦味

（原载《延河》2021 年 9 月下半月刊）

那是我们在人间的成像

吉　尔

你看，尘土浮于万物之上
轻盈有翼，渐次有序
这让我想到百年后
我们的灵魂变成两粒飞旋的离子
而转世的亲人带来星体的讯息

你看，这偌大的尘世可是时间的放生池？
我们都是被时间放生的人
用疲惫之躯，行走于世
用悲苦之心，颂赞苦难

感谢上苍，我还是嗔念不深的人
深爱简单的事物、星空、云朵和新疆玫瑰
有时，我透过密布的尘土看云
它们与大地上的事物形似，那是大地的影子

有时，我在夜晚看月亮
飞旋的尘土在发光
像浩渺的银河系，那是我们在人间的成像

（原载《绿风》2021 年第 3 期）

我看着你

江　非

我看着你
我的背后是红色的屋顶
和灰色的谷仓
更远处是山
覆盖着去年的积雪
和由山谷中涌出的河流
和密密麻麻静止的杉树林
我的帽子有些倾斜
犹如我倾斜的肩
犹如磨坊旁那棵橡树伸出的树冠
附近是两个弯腰的妇女
她们肯定不是我的妻女
她们在捡着什么
信任脚下的土地
还有一群白鹅

还有一辆装满了麻包的马车
和喝醉的车夫
我手中紧握的草叉
我脚上开裂的靴子
我的手与刚刚停歇的
劳作
我有些苍老或者
茫然
我在一幅画上
我不知道是谁画了我
他如何为我涂上
一笔一笔坚硬的油彩
让我保存了这样的人生
和时日
我有些陈旧
我有些孤独
仿佛我一生
都要向前方的那个马圈走去
想靠一靠那儿
那些伫立的栅篱
我是想去哪儿
我哪儿也不想去、不能去

（原载《人民文学》2021 年第 8 期）

一驾老式马车

冀　北

记忆中走来一驾老式马车
有时候是祖父
坐在左边，父亲坐在右边
有时候是父亲坐在左边
我坐在右边，农场的土路上
落日和朝阳，是两只红扑扑的轮子
最后一次，是父亲送我到车站
老式马车停在路边，我像一匹野马
朝着远方
脱缰而跑，故乡的路越来越远
父亲越来越远，好几次在梦中
我站在马车的旁边，一遍遍问自己
马呢？那匹白色的骏马
消失在岁月的尘土飞扬中
一驾老式马车，卸下高高的麦垛
卸下祖父、父亲和我
卸下了整个农场，而这些
又全部堆积在我的身体里面
沉重，散乱
仿佛一匹老马渐渐干裂的遗骨……

（原载《文学港》2021 年第 3 期）

疑　问

金铃子

何以？远山数叠，却也空无一树
何以？逝去多年的人却陪我活到今日
随我在人世
善沉默，善长长的寂静
今天，我手持纸钱，用香烛点山
用鞭炮把你们叫醒，看我

还没有发明一个比爱更爱的字，我就老了
没有发明一个比孤独更孤独的词，就老了
还没有……捏造一个自己
把我长久拥抱。就老了

老得这样的快
快过了时间。快过了爱情

（原载《文学港》2021 年第 7 期）

我原谅了我妈

金铃子

雨不停地下
我打着伞，逛了逛老妈的菜园

今年的葡萄，颗粒无收
无花果和柠檬，颗粒无收
架上有一根长相难看的丝瓜
一根快要夭折的黄瓜
我妈說，今年年成不好，没有长什么

我心里生起一种同情
想起整个春天，她不停地网购种子
整个夏天，在重庆45度的高温下
她给它们浇水
我原谅了我妈妈
用生气的小眼睛看我
把鸟笼放在我的画板上
用熨斗把书桌上的毛毡烫了一个洞
我原谅了
她说，写诗有什么
这个太简单了

（原载《文学港》2021年第7期）

那武松
——兼致董玉方

姜念光

暮春时节，挖了一上午的土，武松

戴着棒球帽，头上钻出细小汗珠
应要求折两根樱桃树枝，非礼勿视
递给了邻家大姐，用于嫁接
阳光正在好处
哨棒插在土中
当然不指望它发芽，还能结出个老虎不成

凭力气吃饭，劳动光荣
那武松，活计忙完，喝一听可乐
看到两只蚂蚁埋伏在树后
等着大象经过，准备剪径
镇子西边的那条莽汉，想必也在忙碌
他有个多好的名字——鲁智深
明显是赞美山东人
虽然血气已收，缩回了拳头
劲儿还是够大，甩膀子撅腚
整天价挖坑填坑，造林植树
看书的人看到这里，难免发出感叹
啊！风景和人物恁地这般冲突

神行太保戴宗做了顺丰快递员
今天送来书信两通，打开一读
原来是宋江哥哥也，如今他
供职于民政部门，县处级调研员
题签工整，赠阅一本新出的书
第二封，算是喜事一件吧

本镇的董姓80后远游至蜀
曾在那锦官城中花天酒地
现已变革人生，编戏挣钱，娶妻生子
林冲少有联系，李逵也没消息
哦，为何一想起李逵
就会平地里起风

从中央大街那边传出一片锣鼓声
想来是时迁和花荣又到了镇上
给奔小康的乡亲们表演杂技艺术
低头看手机的人还是很多
网红剧《春光灿烂下梁山》正在热播
女一号是当红演员李师师
演到八十集，西门庆又来了
什么玩意儿！武松呸了一口
那些个，为富不仁的资本先驱

该来的暴风雨迟早要来
当避雷针收到那最初的闪烁
铁锅里的饺子也快煮熟了
望了望头上的乌云越来越厚
那武松，五好青年，箕坐在门口
举着空了的瓷碗，引而不发
忍了一会儿，忍不住了
又在高声叫酒

（原载《诗探索》作品卷2021年第2辑）

积　雪

姜念光

一些马变成了五花马
花园和草地放松了神经和羽绒
那些树，那细高个子的男人
有些懒散，把果实揣在衣兜
食指和拇指捻着往事的线头

蜜色瓷杯，红茶半满
端在手里但是不喝
渐渐变成了三十六度
正好与体温是一致的
哦，又想起她，想起她
黑发向后梳，脖子和额头洁白
在对面
玉一样安静地、明亮地坐着

昨天落下的雪还有一些
勾肩搭背的少年正在过天桥
细密的栏杆像睫毛，一闪一闪
这时候抬眼看看远处，是的
紫禁城上面，露出了湛湛青天

（原载《诗探索》作品卷 2021 年第 2 辑）

速　写

康　雪

光照在羊背、草叶、石头
和照在人脸上
有些微妙的不同。
光在人身上学习到脆弱
尽管从不哭泣。
但光照在你脸上时总要
暗下去
很难分清那是光的阴影
还是你本身。
有时，你是真的很高兴
是光穿上你的衣服，替你站在
世界前面。

（原载《湖南文学》2021 年第 5 期）

我不想当一个诗人

李　庄

五岁的女儿小米问我：天为什么蓝？
我说：天愿意蓝，就蓝了呗。
她又问：海为什么咸？
我不想当一个诗人，

我说：雨水将大陆表层的矿物质
带到了大海；海底火山爆发
将地球内部的矿物质给了大海……
她又问：那天和海为什么一起蓝呢？
这咸味，就是我们吃的盐吗？
我想了想，喝了一杯酒，
说：宝贝儿，你该睡觉了。
我不想当一个诗人，
说什么天和海的蓝，是绝望的蓝，
海是上苍眼中落下的一滴苦涩的泪。
我没告诉小米的是：海将更咸，
因为海底还有那么多没有爆发的火山；
天将更蓝，因为还有那么多人，
一生也没有挥动一下心中的翅膀……

（原载《人民文学》2021 年第 2 期）

安　放

李　点

酷暑之日攀爬十瀑峡
山谷淙淙的流水
尚不足以安抚体内莫名的呼啸与奔腾

狭窄的阶梯和两侧峭壁

亦不足以抵消内心陡峭的悬崖

疲惫和勇气总是旗鼓相当
如果把一步攀登当成一次安放

一路爬上去
所有的迷途都有了恰当的归宿

（原载《诗潮》2021 年第 8 期）

清明有感

李　点

那些隐痛，我曾身陷其中
无论如何挣扎都无济于事
我把它们交给了时间
总有一些什么，像朋友送来的这束鲜花
正在缓缓褪去本来的颜色
一些欢喜，曾让我雀跃
最终还是挥之而去
尘世的相遇和错过，盼望和失落，对与错
我目睹了一切，一切都在流逝
我无力挽留它们
后来，时间带走了我的父亲

也带走了我更多的亲人

（原载《诗潮》2021 年第 8 期）

中年以后

李　南

再也没有惨烈的惊涛骇浪
再也没有背叛和不忠
时光，终于可以用来回忆了

夏花、秋霜和冰雪不再代表季节
而是你心中的悲喜

慢慢从书橱取出一本旧书
重读。年轻时省略的愁云晦雨
现在发出一道道金属光泽

终于可以专注地祷告了
向你的上帝陈述生命中的种种奇迹
那些能够摧毁你的事物
你只需用两根手指轻轻弹去

偶尔也去郊游，去千里之外看海
把心仪的朋友请进你的晚秋

在诗句中埋下阵阵马蹄声

中年以后，你还需要和某个人
有一次通宵达旦的交谈
哪怕之后，永世不能相见

（原载《诗刊》2021 年 8 月上半月刊）

读唐代铜官窑瓷器题诗

李　琦

君生我未生，我生君已老。
君恨我生迟，我恨君生早。

这是 2021 年的春天
湘江边，古老的铜官窑遗址
出土瓷器上的诗句
让一群当代的诗人
忍不住赞叹，久久端详

往事越千年，一首诗
迅疾还原了千年前的现场
无法考证，那个刻上诗句的陶工
是他自己的创作，还是兴之所至
信手记录了当时的歌谣

动人啊，我愿意相信
写下这首诗的人
是一个年轻的姑娘
她情窦初开，脸颊绯红
悄然爱上了一个长者

闺中秘密，必不想声张
可内心澎湃，需要倾诉
纤手素纸，笔墨题诗
娇羞的心事，流传开来

一切顺理成章，繁忙的窑场
即便是生计，陶工依旧会心一笑
他心有所动，舒缓而认真地记录
理解，并深为体恤，可见彼时的世风
他没有料到，下笔便已功垂千古
那日，是唐朝的某一个黄昏
沧海桑田，当太阳再度升起
已是千年之后的又一个早晨

这样的相遇，真是美好
瓷器古朴，诗句纯真
“从前”这两个字
在此有了可感的温度
初春的长沙，乍暖还寒

却有一种来自唐朝的温暖
云霞一般，一朵一朵，簇拥着我们

（原载《万里长沙》湖南文艺出版社 2021 年 9 月）

慢火车

李小洛

整张地图都睡了
预想之中的火车
离开预想中的城市和站台
总有预想不到的事
预想不到的人，在
预想不到中到来

这是小暑之后的晚上
芒草、荷花和蜀葵
一棵预想不到的树
挂满了预想不到的青苹果

天空飘着神明，降落伞
一些不明飞行物
一封从未发出的信
大象，和它永远在一起的鹰

如果你什么都不说
将多么地完美
我们的六月和七月

然而，多么可疑的栀子花
多么可疑的月光和水
一切，在我们的预想当中
一切，在我们的预料之外

（原载《西安晚报》2021 年 4 月）

在珍珠湖

李元胜

有时，我的疑问带着空蒙
像一只越飞越远的鸟

有时，我的疑问拖着阴影
像一条钻入草丛的蛇

不管在哪个时代，答案都是奢侈的
甚至，是几乎不可能的

多年之后，我们所坚信的早已不在
而疑问，却不断地返回

经过了如此漫长的旅行
它们获得了各式各样的身体

像是从各个方向
伸来的雕刀

不是我所信，而是我的疑问
雕刻出这样一个现在的我

（原载《福建文学》2021 年第 9 期）

一个孩子

李以亮

三十年前
我是这小学校的一名学生
三十年后我注视着
这苹果一样漫过操场的一群
每一个都是我的女儿或儿子
而只有一个我有权把她领回家
多么偶然，一个孩子成了我的孩子
仿佛一首诗
署上了我的名字
此刻我和她一同走向

一所绿荫中的红房子
我不知道我和她谁是谁的家
——而我的心里温暖极了

（原载《诗探索》作品卷 2021 年第 1 辑）

腹中辞

李长瑜

它不是一个饱满的词。可以瘦削
但不能羸弱。可以不冷、无光
可以锈迹斑斑，但不能坏了筋骨
不能蚀去内心的尖锐
我愿意，愿意收藏这样一把匕首
入梦前，垫于我劳损的腰间
或永久埋入我温热的肚肠
我不说出它
它不离开我

（原载《诗探索》作品卷 2021 年第 4 辑）

人间漫游

李轻松

我要如何走过大西北呢？从兰州出发

向东的黄河借给我羊皮筏子
我要逆流而上。经过甘、肃二州
当然也经过了凉州，我的终点是敦煌
清晨依着荒漠，七星骑着月亮
我几乎接近了神祇！

以尸骨喂养大地，以虚无喂养苍穹
以绿洲喂养心灵，万仞有多高？
无限有多广！走了 2600 公里
我依然还在荒原与戈壁间，
大漠尽头的人烟，人烟尽头的菩萨
此刻荒凉是个大词，大到几近于无

而微生物、寸草这样卑微的事物
便以微为大。那些倒下的骆驼与月亮
那些孤烟的日暮、瘦马的穷途
将用多少弥合、涌流与放弃
才能填满这大地的皱褶
这心灵的沟壑，这不毛之地

哦，一只白鸟翩翩地飞起，又翩翩地落
多少西风夕阳，多少锈蚀的镰刀
都在难言的领悟、无由的天命中……

（原载《诗潮》2021 年第 8 期）

一　日

李轻松

我一日两餐，煲汤、熬粥、清焯
过得极简，省下一粒米，省下修辞
我一日三省：素食、素面、素心。
对己，淡然与超然；对人，
有了坦荡之气、无我之念
有了白日梦，删除生活里的枝蔓儿
光脚，不化妆；俯身，不鄙视
时间走得太快，而我甘愿被落下
不替别人说话，不替时代奔跑
从现在开始，清理多余的垃圾与人设
丢弃西瓜，只捡芝麻

（原载《诗潮》2021 年第 8 期）

在小镇牛场

李咏梅

至少有三十只牛同时扭头看向我。
天色铅灰，牛场寂静
空气中弥漫着干草的味道。
离我最近的牛
睫毛上有雪，旁边的牛也是

它们用饱含积雪的目光凝望我
它们在我身上看到了什么?
当我拾起一把干草
丢进食槽，三只牛朝我走来
一只牛歪下头
用舌头清洁黄褐色的皮毛。
在牛面前，喂草是我唯一熟稔的语言。
我又投了两把干草，更多的牛会意
并走来。
这个下午我在拾草，牛在咀嚼
我们沉默着完成跨物种的对话。
当我离开，群牛静默
犬吠一声声叩击我的耳膜，一些牛
仍会抬起头，怔怔地望着我离去的方向
它们在看我，或者别的
我不知道的事物。
这个下午，我做的事情
远不止给牛喂草这么简单。

（原载《诗歌月刊》2021 年第 6 期）

香椿树

李晓梅

香椿树最先冒出的叶芽是红色的

像早先女人和孩子脸上的绯红
鲜灵灵的色香让走过路过的人们
总想偷吃一口春天的细软

浑身疼痛的老母亲像守护她的闺女
对忍不住伸手的人们说
掐个叶吃吧　别掳了香椿的头
没了芽头　树就憋死了
那是继母生命中最后的一个春天

从老家移到小城的香椿树
在楼前窗下开枝散叶
那些处子般鲜嫩的头茬香椿
被路人连头带叶掐了一把又一把

每逢清明回到空了的家
我都在香椿树上系上红布条
告知路人这些树是有主人的

没了母亲的香椿树每年发芽都被人掳头
让我时常在梦中疼醒

（原载《特区文学》2021 第 2 期）

补苗记

梁　梓

在我们村，大家都明白，见苗三分喜
小苗破土，我觉得理所应当时又颇感意外
一年一年，只有人变得老气
小苗总是崭新的，崭新得还有露水
过了上午，就再也寻不见她
小满。风把南方的小鸟渐次刮到北方
地里还没有出全苗，如果在八成苗以下
就得补上每条垄的空当，无论是玉米地
黄豆田，或者是土豆地
经常要补的作物是饭豆或小葵花
用锄头扒开干土，再刨坑，投下葵花籽
然后埋上，踩几脚。只需过三天
苗儿就从脚印里长出来，都戴着旧毡帽
秋天，补苗的庄稼，反而更加籽粒饱满
你会觉得这是格外的恩宠，秋天里的秋天
你总能感觉得春天她从未辜负过我们

（原载《星星诗刊》2021 年第 1 期）

白　鹭

梁久明

看没看见，白鹭都在

不在我扬肥除草的这块稻田
就在芦苇的水沟隔开的另一块地里
不用看就知道它的样子
它更多的时候一动不动地站着
那么安静那么白地站成哨兵的姿势
眼睛转动着警觉，却
不是对我的警惕。突然的
它长长的脖颈会猛然垂下
像触动了机关，利嘴扎进水中
再扬起时嘴上多出一条小鱼

每当我靠近，它轻翅一展
拎着两条长腿，那么一飘就到了
另一边。我们互不打扰
干着自己的事，似乎毫不相干
而我知道：有白鹭
和没有白鹭是不一样的
尽管无关乎收成

（原载《北方文学》2021 年第 1 期）

暮　色

梁小兰

在小南庄，落日先是到了高楼顶上

然后一点一点往下降
玻璃墙上反射的光红且耀眼
大雁像天空中黑色的按钮，飞过去
天就暗了
立交桥上的车一辆接一辆，速度飞快
举目四望，万物罩了一层灰色

一位老人在一根电线杆旁开始摆地摊
手套、证件套、耳机、袜子、小抓夹……
另一中年大叔推着三轮车，车上摆满了各种书籍：
新的、旧的、盗版的、正版的混杂在一起
旁边传来烤红薯的香气

黑色淹没了黄昏，也淹没了
喜鹊欢天喜地的叫声
道旁的银杏树伸手接住渐亮的灯光

我低头，急走，羞于
让人看见自己的蓬头垢面

（原载《北漂诗篇·第四卷》中国言实出版社，2021 年 5 月）

村庄抒写

梁书正

清风吹动山坡上隐秘的信息

你和草木一样侧耳倾听

古苗河倒映山峦和天空
你和水一样干净澄明

没有菩萨就不提菩萨了
屋檐下的燕窝是最小的庙宇

成为什么都没有关系
你走过的地方，都是明月与流水

清冷的墓碑停着斑斓的蝴蝶
就如阳光催熟稻田的谷粒

所有的村庄都是一个星系
阡陌吻合你掌心的纹理

带泥的红薯是自留地里的神
我把举过头顶的女儿当作星辰

（原载《山西文学》2021 年第 7 期）

夏末十四行·偶然

林 莽

我们到底为什么歌唱

当太阳西沉　冷风吹进雨后的竹林
几滴未被饮下的红酒溅在了 T 恤衫上
它们来自那一片土地的那一枝葡萄

有时我会想　如果错过了某个时辰
一个事件也许就再也不会发生
两个相恋的人也许不会相遇
命运同样不会那样捉弄某些苦命的人

尽管太阳每天都会升起
但时光一去不再回来
有时　我们真的不知道为什么歌唱

是啊　几滴殷红的葡萄酒
它们没有被持杯者正常地饮下
却错误地溅在了一件白色的 T 恤衫上

（原载《大家》2021 年第 4 期）

果　园

林　莉

穿过小河
我们遇到一个果园
李子花和桃花已凋谢

柚子正含苞
花蕾里紧紧抱着一团香气
在给果树施肥修枝的人
专注于自己的劳作
我们漫不经心走着
谈起刚刚离去的一个朋友
“还那么年轻……”
接着我们又提及
巴黎圣母院的一场火
“事物总有神秘的时间线……”
我们的语调变得晦涩
就在那时，一群白鹭
从树丛里腾空而起
在果园上空优美滑翔
我们相互安慰着，走进那团光里

（原载《诗刊》2021 年 5 月上半月刊）

北洼路 33 号

林　珊

亲爱的鲁米先生
今天的落叶和昨天的落叶不同
昨夜大雨倾盆，我听了一夜雨声
也不曾知晓，萧索的雨声里

究竟都藏匿了什么
“如果你是我的灵魂所在，我所说的话并不会
只是一个断言。”
我在病中重温你的诗集
在灯下写一封长信
我多么希望能够得到命运的指引
我需要虚度多少时光
才能遇到那个对的人
我需要走多远的路
才能回到我们的家中

（原载《诗探索》作品卷 2021 年第 4 辑）

听　海

林东林

在夜深的时候来到海边
海就成了一种声音
机械，单调，一遍一遍
走着听，坐着听，躺下来听
也在不听的时候听
浪声扩大了被夜色缩小的海面
你我日日相伴，几近无话可说
但是此时又没话找话
说高悬于头顶的那片星辰

说右前方那轮西沉的通红上弦月
直到浪声成为一种背景
直到我们沉默下来，浪声又起

（原载《诗探索》作品卷 2021 年第 4 辑）

硬　币

林东林

一枚一元的硬币
一枚一元的硬币
可以干什么
这是我在抽屉里
发现它的时候想到的
一枚一元的硬币
可以买一支棒棒糖
一瓶冰露
或者一根圆珠笔芯
可以抛上去再落下来
看看是你要的正面
还是我要的反面
还可以从你胸前一路滚下去
又在小腹上轻轻弹起来
就像以前我们在一起时那样

（原载《诗探索》作品卷 2021 年第 4 辑）

夹　克

刘　川

一件夹克
远行一千八百里
去某工地
从脚手架上掉下来
一只袖子没了
回家时
夹克口袋里
多出两万五千块
这件夹克
挂回衣柜
那里还有许多夹克
都两袖完整
仿佛什么也没有发生
但一件背心
两只袖子都没有
仿佛它
在衣柜里
经历了
比工地更严重的事故

（原载《诗探索》作品卷 2021 年第 3 辑）

等　待

刘　汀

父母坐长途客车来京
我提前到车站等候
路灯下，一对大包小裹的老年夫妇
也在等人，几通电话吐露
他们的儿子已迟到两个小时
这期间，旁边的黑车司机
一直在劝说他们打他的车
“我能送你们去任何地方”
老年夫妇招财猫一般
有频率地摆手拒绝：
“我们有人接，他只是还没忙完”
老人坚信，不管加班多晚
儿子都会穿过大半个北京，来接他们
就像我坚信，老家来的客车
比预计到站，同样晚了两个小时
我也一定能接到我的父母
除此之外，人类再没有什么
能让这个深夜，循规蹈矩地走向黎明
几分钟后，那个整晚没能
拉到一个客人的司机，开着他
白色的小汽车，驶入黑暗中
我和老夫妇继续等着

正在到来的人

（原载《文学港》2021 年第 8 期）

女人是海边的灯塔

刘　年

女人如果能够上船，她说
宁愿出海，也不愿待在岸上

晒鱼、补网、带娃
没有凶险，但头发白得快
船一出海，就担心
迟回来一天，就急
有一次，迟回来一个星期
女人是磕着长头，去海边的

她算幸运了，这次只等了三天
浏河镇有个女人，每天都去海边
已经等了二十七年

（原载《扬子江诗刊》2021 年第 1 期）

我们与马

刘立云

我看过的这部电影讲的是两个少女
与一匹马的故事；也可以说
是许多个少女跟许多匹马
的故事。那是个雪天，两个少女乘坐马车进城
走到山口马突然受惊，拖曳着马车
和马车上的两个少女，疯狂地
坠落悬崖。两个少女一死一伤
马也身负重伤，它的一边脸被悬崖恐怖地
劈去，这使活下来的马
不再像一匹马，而像马的幽灵

故事的复杂性在于坠落不是一次完成的
而是无数次；坠落让活下来的
少女和那匹马
如入梦魇，此后必须一再面对那道悬崖

许多人看过这部电影，许多人
在看这部电影时
才发现，自己就是坠落悬崖的
那个幸存的少女，或者是坠落悬崖而被悬崖
劈去半边脸的那匹马

——这种发现让人们暗自心惊：

我们是在什么时候
落入悬崖的？我们的哪边脸像那匹马
被那道悬崖劈去大半边？

那么马是否也懂得这个道理呢？我们
应该怎么去与这匹马沟通和交流？
当我们与马相互
依存，共同承担着巨大的哀伤和盲目
我们与马，将达成怎样的默契与和解？

（原载《上海诗人》2021 年第 1 期）

我

龙　少

水流很静。水流与房子之间
是一大片低矮的白皮松园子
和几排整齐的垂柳
我有时坐在阳台
等深蓝色的天空落进茶杯
有时带着黄昏和鸽群走向河边
那是极为幽静的去处
山在远处，小野花在裙角
一切恰当而完美，像谁提前安排好的
我喜欢站在那里，被路过的风

轻轻吹着，像适时的问候
被我拦截。也会在起风的时候
数一数水面上远远近近的波纹
像缓缓的爱，一遍一遍向我靠近
我就那样站着
多少次，我站在自己的风景里
等轻烟从村庄慢慢升起

（原载《诗探索》作品卷 2021 年第 2 辑）

远　方

龙　少

风吹过我，草木安静
我想起你讲的幼年故事
因为地域和时间的差异
我还不能体会它们之间交织的脉络
偶尔有鸟鸣打断我的思绪
像词语间的一次停顿。而火车
正从我的前方经过，绿皮的
有着巨大声响的火车
正驶向它的远方
我也需要一个远方
在某个下着薄雪的黄昏
或开满紫藤花的早晨

我的远方不必是一个精确的位置
当我想起
它就是散落在我记忆中的晚霞
或覆盖过晚霞的星辰
你说远方，也许是一束蓝色的鸢尾花
而我的庭院，白茉莉已开出第一朵花苞。

（原载《诗刊》2021 年 6 月上半月刊）

大好河山

耋　青

童年时看山
村子周围的山
一座比一座高
高不可攀
看河　村东的那条河
又长又宽　波浪无边

多年后返乡
眼中的山河突然被微缩了似的
又矮又窄让人失望

但不知为什么
每当看到或听到大好河山四个字

脑海里首先出现的

还是童年时那些河　那些山

（原载《诗探索》作品卷 2021 年第 2 辑）

树　叶

蓝　野

旧书柜里，翻出一本多年前放起来的诗集

书页里夹了一枚树叶

树叶滑落在桌子上，我已分辨不出

这是什么树的叶子了

隐约记得确实是我放进去的

彼时，怀着文学青年的忧郁

这枚叶子被小心翼翼地放进了书里

摩挲一下，树叶

竟然有一种就要碎裂的脆响

似乎，这就是时间

想发出一声尖厉的呼喊

我慌忙将叶子再次放进书里

将诗集重归队列。那一声尖叫

被关回去后，我慢慢地平静下来

（原载《星星诗刊》2021 年第 11 期）

舞　台

蓝　野

山巅的三面都是断崖绝壁
这几乎就是人生的全部隐喻了

傍晚的山上，我们站在悬崖边
东眺平川，南望关山
一次次辨认来时的道路
上山的方向

阴沉的天空突然迸射出一缕光芒
接着是千缕万缕
将西天变成盛大的舞台

我一直记得，那一刻
我们低头时
泪水里那闪烁的霞光

（原载《星星诗刊》2021 年第 11 期）

我为什么只想到了蚂蚁

卢卫平

一百万只黑山羊

在天空狂奔

人们纷纷回到屋里

关上窗子

将阳台花架上的花盆搬下来

不知蚂蚁是否接到

搬家的通知

黑山羊的雨脚

从天上踩下来

就是铁蹄

我不希望有蚂蚁受伤

雷声轰鸣

黑云压城

我不知道

我为什么只想到了蚂蚁

（原载《朔方》2021 年第 4 期）

生活需要一个起钉器

陆辉艳

用订书机订一沓文件时，漏了一页

想要拔出那颗订书钉
它已深深嵌入纸张
我把漏掉的那一页
覆盖在其他纸张上，在那颗订书钉的偏上方
又订下了一颗
现在，我的生活被揳入了双重钉子

但我此生漏掉的那些光亮
某个重要的人，新鲜的时间，微风
一趟夜行列车外透出的星空，森林
要如何与我现有的
悲喜交集的生活装订在一起
我感到所有这些加起来的分量
被一个隐形起钉器平衡着

它藏在这世上的某个角落
在骨骼间的连接处
深夜里，常常听见它扳动时间的声音

（原载《诗刊》2021年3月上半月刊）

我打算去坎特伯雷

路 也

我打算去坎特伯雷，独自去走那漫漫长途

明天动身，天不亮就上路

九月的风吹拂着头发
空气荡起了凉凉的涟漪

天空在漂移，跟英伦岛一般大
大朵大朵白云朝着海岸方向奔去

野豌豆和绣线菊手挽手，守卫乡间步道
牧场忍受着自己的碧绿

无论多么远，都要去坎特伯雷
人困马乏，乔叟先生，讲个故事听听吧

想必要途经一座老磨坊
想必会遇见狡猾的狐狸和虚荣的公鸡

在树上挖个口子，就结晶，长出琥珀
时间拖着自己的影子，想开口说话

命运跺着脚，哈着口气
在那城堡中，在那教堂钟楼上

一个悲伤的人要去坎特伯雷
今生无论如何也要去一趟坎特伯雷

（原载《桃花源》2021 年第 2 期）

暮色中的河流

路　也

我终于找到了那条河流
它在地图上有名有姓
此刻正急急赶路
去跟不远处一条更大的河相会

赶在天黑之前，我找到了
这片仰躺在大地上的河水
它有一个被秋风吹透的身体

我来到岸边，近得能听见河流的呼吸
它清澈得可以映照出我的心情

流水的神经紧紧抓住沙砾的两岸
河道中，鹅卵石宽恕着波浪
一小片绿洲渴望被带走
芦花摇曳出苍茫

暮色正把天地封起
走了很远的路，找到这条河流
它也走了太远的路，无法回返，只能一个劲地向前

在暮色里，这条河流把我拦住
要我把悲伤交付于它

我问它为何不息地流淌，它说为了自由

（原载《人民文学》2021 年第 3 期）

黄　昏

路　亚

一天中最隆重的时刻，有无尽的幻术
暖金色的池塘，田野。暖金色的脸
迎面走来，怀揣着秘密

像走在梦里，像久别重逢
夕阳笑意渐浓，落幕前饱满的谢意
在橘色转为粉红色的云朵里呈现

在进入寂清之前，风已藏身高处
一些抑郁的心展开，一些狂躁的心沉降
晚霞递来慰问：时间就要属于你自己了

只有飞鸟献祭一般，纷纷向落日撞去
每一个暮色总是突然降临
在荒凉升起之前，我已经闪进屋门

（原载《上海诗人》2021 年第 2 期）

下　山

罗兴坤

送我下山的，有匆忙的流水、缓慢的落日
和慌里慌张的羊群
一颗平静的心
重又泛起生活的尘土，暮色漫过
我和它们一样，都有着一颗世俗之心

而流水里有流水的虚妄
落日有落日的不甘
暮色里，多少脚步迷失
在半途，翅膀不肯垂下
沉寂的深山，喧嚣的人世
我有着遁世的来路
我有重返梦想的归途

爬过山顶的，那半个明晃晃的月亮
多么像我丢失的游魂

（原载《诗刊》2021 年 1 月下半月刊）

磁　石

罗兴坤

喜欢铁，并非铁石心肠

环绕内心的是密集回旋的阳光，春风的磁线
谁的手指拨动了那柔软细密的琴弦，在暗处
发出的美妙音响

一生寻找的，是深埋在泥土的记忆
那些失散在时光里的爱
在山谷、河流，被你磁性的手指划动
瞬间苏醒的泪滴、伤疼，在悬浮
仿佛失散在梦境的星辰
找到广阔浩渺的星宇

有时，爱就是拔除她骨头里生锈的钉子
把伤口凝固的盐含在自己的嘴里
有时，恨就是在深深爱过之后，两颗冷却的心
成为生命的同极，在无限排斥
而同床异梦的生活，是怀抱着各自的梦
仿佛两颗互不相干的沙粒
抱在一起而无动于衷

在夜空，古老的月亮因为被无数目光摩擦
充满了永恒的磁力
我把月光下每次对你的遥望，都说成——
内心涌动的潮汐

（原载《手工诗坊》2021 年第 6 期）

给未能道别之人的留言条

吕 达

1

牧草绿了又黄

举目望山，山高水长，唱支歌吧

湖水映照着天空纯粹的颜色

牦牛沉默地跟在我的黑影后面吃草，唱支歌吧

昨天有人从遥远的地方一路颠簸而来

他待我有密友之情，唱支歌吧

明天早上太阳会照在他随风飘拂的袖口

我的帐篷坐落在无人的草原，唱支歌吧

我相信歌中所唱的，却不相信听者

也许终其一生，我能感动的人只有自己

所以，唱支歌吧

2

地球转过一圈，又来到近日点

这是我最喜欢的季节

从来都是

牧草准备好了饱满的浆汁

雪山展现出献身的热忱

江河掏出高贵晶莹的心

一辈子都喜欢不够的阳光啊
照在一个苦乐不惊的人脸上
一辈子都看不够的蓝天啊
我想念的地方有人玉树临风

3

我在通天河边放牧
牧草黄了黑牦牛不知道
我深爱的人和我断了音信
他袖口的彩线是我亲手缝制的
我的棕骏马不知道

我坐在通天河边流泪不止
岁月是个隐身人
别人把我要说的话全都说过了
一件乐器从遥远的祖先传承到我手上
一坛酒越放越醇

河水流过千年
世上必然没剩下什么必须由我说出的真理
最沉重的酒有人替我尝过
最悲恸的哀词有人替我谱上了曲
最简单或最繁复的花纹早已织上前襟

只剩下喜新不厌旧的生活
搅得我心烦意乱，忘记了岁月的名姓

4

回到 13 岁的夏天

我们上完美术课又该上音乐课了

我的手上沾着洗不掉的水彩

你的手心有一颗痣

你只告诉过我

你说

让海顿陪我们吧

他有整整一个下午

可以占据你的心

（原载《六盘山》2021 年第 4 期）

因爱而生的执着

柳　苏

心有所累的时候，独自坐下来

总有一些叹息和小怨结

冒出，责怪自己

当站起身子再次投入

支配自己的依然是爱和执着

一只喜鹊狠狠地啄着自己的羽毛

连它自己也说不清道不明

为什么要这样做。很快
它振了振翅膀，飞向村庄
继续它报喜的使命……

这一切都被我看在眼里
不由得，生出一种惺惺相惜

（原载《鄂尔多斯》2021 年第 3 期）

坐在山里的石头上

柳　沄

坐在山里的石头上
时间久了
像是坐在家里那把
脱了漆的木椅上

这是十月下旬的某个上午
几树早已红透的枫叶
一条即将干涸的小溪
使今天那么不同于往日

使山里跟家里
一样静，除了
云朵滑动的声音

我坐着，一副很想
继续坐下去的样子
时间越长越不想知道
坐在山里与坐在家里
有哪些不一样

时间越长越想不出
——坐在哪儿
不是坐在生死之间

（原载《诗潮》2021 年第 8 期）

哎呀野草

离　离

我们用右手拔完再换一只手
我们用完锄头后又用了镰刀
哎呀，野草们抱头痛哭
哎呀，野草们失去双足
哎呀，它们连根被拔起全部哭喊着
离开深处的土地

我也有点难过，听说芦庄刚刚去世了一位老人
看着已经蔫了的草我真难过

怎么活都是一辈子

怎么过都难逃一死

（原载《诗探索》作品卷 2021 年第 1 辑）

那天在大雨中

离　离

那天在大雨中，一个绝望的人

号啕大哭

怎么做都感觉对不住

中年的自己

我把鞋子脱了，雨水冲打着我的脚

我的衣服湿透了，雨水还在冲洗

我的身体，我的身体湿透了

雨水开始清洗我的灵魂

哦，灵魂，开始像一摊水

没有骨头和血

没有情欲和爱恨

我的灵魂，慢慢坚韧

一点一点懂得

从骨子里疼惜我了

（原载《诗探索》作品卷 2021 年第 1 辑）

一只狗有着死的决心

黎启天

老人对陪伴他的狗说
想提前去天国了
鬼知道狗是否听懂了呢
它只是眼里流着光

老人把狗绳系在床脚
老人对他的狗说
我给绳子打个活结
你轻轻一拽就脱了
鬼知道狗是否听懂了呢
它只是眼里流着光

炭火燃烧着炭火
狗
一动不动
狗
一动不动
狗
一动不动
只是眼里的炭火，在动
它只是眼里流着光
只要轻轻一拽就脱的活结
也一动不动

它和它的主人
在窒息的空气里，一动不动

炭火熄了
它的眼睛也熄了

（原载《灵鹿》2021 年第 9 期）

自画像

毛　子

我是那个提桶水，走向大海的人。
我是那个在大海中，想抱起波涛的人。

自从月亮引发潮汐和女人的周期
很多事情已经发生。
我是在它们之前和之后的那个人。
在去往大海的路上，我遇见
那个赤脚的托钵僧。他已忘记自己
是迦毗罗卫国的王子。
我在溪边看到了那个磨铁杵的老阿婆
很多年过去了，她依旧在磨啊磨
但一代一代的人，已穿过针眼。

我是那个在针眼里，企图建立掩体的人
当成群结队的明天远道而来
然后变成了昨天。
我是那个既不想过去
又无法回去的人……

现在，我试图消灭那个人
当我从墙上剥落的灰，衣物上
一小块污渍里，找到自己的位置。
我是那个在下跪中，看到微尘之神的人。

（原载《诗潮》2021 年第 5 期）

山中奇遇记

毛江凡

梅岭有一山，奇陡
往上攀爬，有四个坡面
一坡，二坡，三坡，四坡
绵延而上，曰老四坡

登顶的时候，已近中午
沿竹林下撤，至二坡平台处小憩
蓦然，见一老者艰难上行背影
和妻话语间，老者侧转头望我一眼

草帽之下清癯面庞及身形
像极父亲，妻亦有同感

我起身，想赶上去看个究竟
走了几步，又觉贸然，妻亦劝止
下山，一路无语

傍晚，母亲来电，
说晌午给父亲烧了纸钱
才想起，这天是父亲去世三周年忌日
我和妻子都愣了半天
至于山中奇遇
并未向母亲提起

（原载《诗探索》作品卷 2021 年第 2 辑）

叙述者

马　季

做了三十年的叙述者
忽然发现自己口齿不清
语意不畅，那些行云流水
栩栩如生的细节
转眼间变成皱皱巴巴的拼接

这很像一次秘密演奏
熟悉的曲谱失去了音阶
故事只能另起一行
脑叶的螺旋桨，在藻类四周
不分昼夜地滑翔

磕磕绊绊到了尾声
大汗淋漓的叙述者
用一声叹息画上句号
他老了，实在背不动
身体里语言的重量

（原载《人民文学》2021 年第 2 期）

清　明

马　累

我从遥远的地方
回来，陪父亲祭祀
祖先。在狭长的乡村
墓园里，我们一次次
陷入微妙的沉默。
不远处，黄河的
河面反射着大面积的
白光。树林里，

乌鸦在集体忏悔当下。
我能够猜到的
剥落仅限于时间的
剥落。太多的纪念碑
指向歧义，也混淆了
傍晚将出现在墓园
上空的点点萤火。
这些年，我经历了
太多人世的妄谈，
而父亲在真实地衰老。
我看着他在石碑前
洒下自酿的酒水，点燃
痛苦的纸钱。我看见
灰烬上升，决绝而
留恋。多少世俗之愿被
无端拆解，变成那团
白光中最为薄弱的一环。
在我们离开的一刻，
乌鸦开始歌唱，天上
落下细雨。晦暗，
且意味深长。

（原载《西湖》2021 年第 4 期）

式 微

马泽平

听多了山风和松涛，就只想做个俗人，哪怕是在这尘世中
没有名字。走小路，折野花，穿老布鞋和浅色外衣。
不往人多处去，但会想你，但会把一部典籍
误读成两个人的野史。
偶尔忙些庄中农事，
在庭前撒上紫花苜蓿，屋后种葵花，散养几只鸡仔和兔子。
夜深的时候，你喊我也不答应，你说什么我也不听
难得如此消闲，
即便明月皎洁如你，这一刻，我也不会允许它坏了当时兴致。

（原载《绿风》2021 年第 1 期）

熹 微

梅苔儿

似乎漫长的睡眠只是翻了个身
旧棉絮和稻草具有极尽温暖的颠覆

我从躯壳醒来和一首诗从深喉甬道醒来
没什么不同。都曾如孤月，悬于烟火两岸

繁星隐退，一些人和事物

返回露水闪耀的诗句
老屋，煤油灯，旧纺车
纺纱的女子，隔一会呵呵手
可能是外祖母，也可能是母亲
她又纺了一夜。中间起身几次
小解，或替我掖紧被角

旧报纸糊的窗户破了几个小洞
有香气悠悠渗入房间。院子里蜡梅率先开了
忍冬忍了一个冬天，还在忍
可我记得，鸡鸣时方才上床稍做休憩的那人
身上分明透着淡淡的忍冬苦香

以致后来，每每我朗诵到此处
都会抬头望一望窗外，那里野花早绽
那里熹微初现
有一缕光，又一次焊接到了命运的端口

（原载《江河文学》2021 年第 3 期）

沉　船

孟醒石

我在山顶发现几片三叶虫化石
可以判断

所谓云端，曾位于浪花下面
八百里太行山，曾是一条沉船

大洪水，早已经退去
人们纷纷从太行山上下来，涌向城市
没有人想过，一条沉船的前世和今生
或许都是方舟

载着种子，漂泊多少年
才赶上一次生物大爆发
真相，用三天的时间沉没
用三亿年的时间浮出水面

如今太行山依旧承载着许多我们未知的事物
憨厚的爱，也是如此呈现
在说出口之前
经过一场又一场剧烈的造山运动
撑起一桅桅长着崖柏的风帆

（原载《当代人》2021 年第 2 期）

破 冰

孟醒石

大寒之后，星群沿着银河逆流而上

向故乡洄游
而我怕冷，很久没回老家过年
深知空心村，不过是一潭死水
冰冻三尺，难起微澜

今年正月初一，突然老家来电
叔叔、伯伯、堂兄弟们，上坟扫墓后
聚在一起喝酒，想起我来
要和我用微信视频聊天
一张张亲切的脸，出现在手机屏幕上
以方言呼唤我的乳名

刹那间，我幡然醒悟
孤独的异乡，疲惫的心脏
喧嚣的名利场，才是泥淖深潭
叔叔、伯伯、堂兄弟们，像一群破冰的人
正在隔空打捞一个个失踪的孩子
对着冰层敲击、呐喊
不惜凿穿灿烂星汉

（原载《诗选刊》2021 年第 8 期）

用漩涡为自己打一个活结

末　未

以为到了重庆境内

就可以过上直辖市的麻辣生活
从贵州奔窜过来的瘦乌江
在龚滩，摔了一个轰隆跤

还好，还晓得用漩涡
为自己的过往，打一个活结
但越打越晕，如幽闭者
逃不出自恋的圆圈

我也有这样的时辰
——原谅自己吧
但越想自圆，越不能其说

当流水自己解开身上的疙瘩
江面，越来越宽

（原载《延河》2021年5月下半月刊）

口　红

莫卧儿

爱我的人不介意接吻时
我涂着口红
爱自己的人常常说喜欢我
素面朝天的样子

如果不再年轻
还能够用麦当娜的语气宣称
给我一支口红
我就会征服这个世界
那必定是对伟大的美又一次深深鞠躬

当它被当作礼物送给女友
传递的不再是一小团色彩
而是心灵的秘密泉眼
一门为生活镶嵌宝石的技艺

难忘的是
有次在吉野家快餐店
无意间看见那个最丑的女服务员
躲在柜台后，对着小镜

（原载《滇池》2021年第2期）

故　乡

慕　白

这个地方叫包山底
它生育了我
也埋葬着我最亲的人

这个地方以前种稻谷
长着竹笋和野菊花
村口有七棵古树，有土地庙
村里养着牛羊，飘着炊烟和牛粪味

这个地方的鸡和狗都不怕我
这个地方会刮风，会下雨，会出太阳
这个地方，山很大，楼房很矮
晚上看得见星星和月亮

这个地方六年前死过我的父亲
我的母亲昨天也死在这个地方
现在，请不要怀疑我是一个孤儿
死过亲人的地方，就回不去了
包山底不再是我的家
从此，我把它改名叫作故乡

（原载《诗选刊》2021 年第 4 期）

飞翔的石头

宁延达

我找到一块薄石头为它安装翅膀
然后侧身将它送往蓝色水面

当它轻盈地拍动　引发一串涟漪
一种喜悦撞击了我的心

但是　如今天地又归于寂静
湖水吞没了它

曾经多么耀眼
闪着光芒　发出阵阵呼啸的石头
我找出它　塑造它
但我不能给它永远

（原载《当代人》2021 年第 1 期）

在北石窟寺

牛庆国

之一

佛的村庄
一直响着叮叮当当的工匠之声
再听　却是蜜蜂的嗡嗡之声
再之后　就听见蚂蚁的奔跑
像从佛的肩膀上流下来的细沙
那时　只感觉北石窟寺的秋天
满山都是花香

之二

一场风雪刚刚过去

我来看看这里的佛

见墙面上烟熏火燎的痕迹

佛一定在最冷的时候

也燃柴取暖

我们正说着冬天的事

窟外的杨树上　一只喜鹊

就喳喳地叫了几声

我相信　它是照着佛的意思叫的

（原载《暖泉》2021 年第 1 期）

在黄果树瀑布想起伊蕾

娜　夜

纪念一个诗人最好的方式

读她的诗——

“白岩石一样

砸

下

来”

生前只见过一面
松软的沙发前　是壁炉和篝火
你的长裙拖着繁花　带来

安静　你递来的酒杯里晃动着一个大海
可能的日出——“我愿意”
而人间教堂的门
并未打开

和瀑布合影　突然的小鸟
填补了你的位置　年轻诗人模仿你
常用照片的眼神——我也曾模仿

“那尊白蜡的雕像”
是哪一尊?

无人的走廊
独身女人的卧室
——我继续读　而黄果树轰鸣

瀑布继续:想超越一个优秀的诗人
意味着超越一个时代

（原载《特区文学》2021 年第 2 期）

栀子花

胖　荣

我在仙亭山采回几枝
带回家，放入土色的陶罐
每天给它喷一些水
保持晨露一样的新鲜
有风吹来的时候
它的叶子也会沙沙作响
像母亲揉着空空的塑料袋
这几日，山上的栀子花开了
凑近它会有淡淡的清香
家中的这几枝，花骨朵
还像整天沉睡的婴儿
我想让它回到山中，已是不能
我每天靠近它，细嗅它
想象着它在山上开放的样子

（原载《嘉应文学》2021 年 3 月）

见到大海，见到你

青小衣

我一见到喜欢的事物
就悲伤。我是那个最喜欢的人

可那个事物不是我的
比如大海。汹涌、自由、群居的波浪
像某种安慰，浪花的手
伸过来摸我，又快速缩回去

我一见到我爱的人
就紧张，呼吸急促，乱作一团
如果，正好我爱的人
也爱我，我就担心自己变成一块玻璃
透明，脆弱，一提别离
就失手碎在地上

（原载《文学港》2021 年第 5 期）

隔　离

晴朗李寒

一只斑鸠试探似的叫了一声，在窗外。
禁闭的门窗，还是没有挡住这一声
立春时节斑鸠的啼鸣。
之后，又是死一般的寂静。

窗外，仍是肃杀统治的疆域，
梧桐的枯叶焊接在枝头。楼群缄默，
马路突然显得宽阔，

如幽深的隧道，向着虚无延伸。

十字路口，一辆快递三轮嗡嗡跑过，
红灯没有让它停住，
像一只受到惊吓的小青蛙，噌地
窜没了踪影。

此刻，妻子在厨房清洗餐具，女儿
坐在书房朗读日语，而一周半的小儿
不知人间愁事，在几个房间来回
奔走，欢笑，他高兴
家人每天这样陪伴在家里。

那只斑鸠又叫了，不是一声，是两声……
像一枚石子抛进解冻的湖面，
激起一连串晶莹的涟漪。门窗禁闭，
隔离了远方悲伤的消息，但是
无法隔离一只斑鸠的啼鸣。

（原载《诗探索》作品卷 2021 年第 2 辑）

春雨之晨

晴朗李寒

她和他仍在酣睡

我爱的两个人，
他们如此亲密依偎，似乎
还被一条无形的脐带连着。
晨光熹微，透过窗纱映照他们的面庞，
有比这更美的画面吗？
拉斐尔的圣母子也不过如此。

不到六点，我就悄然起身，
在厨房中，炒熟了青菜，熬好了米粥，
他们还在香甜地睡着。
我不忍心叫醒他们
她的一个乳房，从睡衣里袒露出来，
静静地贴在他的唇边，随时准备
递进他饥饿哭闹的小嘴。
贪婪的小家伙，一晚上总要吃两三次。
如今，他扎在她的怀中，一只小手
还轻轻抚在乳房上，
随母亲的呼吸一起一伏。

让他们睡吧，睡得香甜，放松，
对我来说，世间还有什么事情
比这更有意义？
这是初春的早晨，一夜细雨后，
站在厨房的窗口，我耐心地
等待他们醒来。
一只小鸟在梧桐树的尖梢鸣叫。

高过五楼的树冠，
最顶端的枝杈上，鹅黄的叶片
正慢慢地舒展。

（原载《诗选刊》2021 年第 1 期）

一场告别

荣　荣

一场告别，可以如此简单：
比如看他穿过酒店长廊，
在几杯酒里走得歪斜。
比如他回头，她仍在长廊尽头，
孤立，一动不动。

这之前遗留的现场是：
客房长条桌上无序摆放的
服务册、速记本、戴过的口罩与烧水壶，
二十几只烟蒂在水晶烟缸里挤挤挨挨，
两只白茶杯相距四十公分，
正好是一把椅子与沙发的距离。

这让他们相顾无言时，
他能看清她暗藏的窘迫和坚持，
她能望见他眼里时而黯淡时而烂漫的星星。

如果愿意放纵，也能有一场对视，
挨着的鼻尖接通一条黝黑的隧道。

还有半明半昧的灯光，
曾照着他们勉强保留的外在清白和
不可描述的人间纯洁。

（原载《草堂》2021 年 8 月）

一只老鼠闯进我的寝室

冉小江

其实，你和我都是一样的
在这烦扰的尘世，拘谨、不安、四处奔波
作为过客，我们都好像不明白
或者准备好，就像你翻滚过的书
我也读过，里面的颜如玉、黄金屋
早被古人劫了，你再翻几遍
都是徒劳无功的，没有权力和金钱
是否读更多的书，都是枉然
但里面也有一些硬骨头，像刺一样
捅破时间和空间，他们的名字就像窗外的夜空
那些隐藏于远方的星辰，如果我找到他们
就有机会获得精神上的升华，有朝一日被后人提及
轻声朗诵着我留下的诗句
像今夜我和你，你奔波在我的出租屋

而我奔波在自己的内心里

（原载《文学港》2021 年第 8 期）

被一朵花证明

冉启成

一朵花开了
证明春天还在
楼下树上的蝉
它又叫了
证明夏天来了
一个人走在大街
他走着走着
突然露出笑脸
热泪满面
证明人流温暖
或者，美好还在

（原载《四川诗人》2021 年第 2 期）

我年幼的时候是个杰出的孩子

桑　克

我年幼的时候是个杰出的孩子

我被公众孤立。我站在校舍操场边的杨树林里
目睹同龄的男孩子女孩子歌唱
我想死去的姐姐，在薄薄的被窝里搂着我
青青的头发，蓝色花朵的书包
我知道在我身体里面住着
不止一个人，他们
教我许多谁也不懂的游戏

阳光有着三色蛋糕一样的层次，我为什么看不见？
我蹲在高高的窗台下，我的旁边是吃鱼骨的猫咪
我捏着针状的花叶放入嘴里
我感到一种硬糖一样的甜

（原载《江南诗》2021 年第 1 期）

即　景

桑　眉

保洁阿姨正为双色栀子剪枝
她遵循朴素的自然法则
“花开了要结果，叶子不过是衬托”
用手掐掉叶子，只留下——
白的花，紫的花。小而灵巧……

小男孩子让出吊椅

把玩具车放在椅子中央
摇动它
粉嫩唇齿努力回忆昨夜的摇篮曲
小女孩穿过草坪朝这边来
他暂时稳住摇椅
去迎接，像一个未来的骑士

阳光轻软，如薄衾
我们坐在太阳伞下喝茶
摘掉口罩
（拆除河与海的闸阀）
（粉碎唇与唇的隔膜）
“你好，三个多月不见！”
“你好，春天已古老！”
交谈因欢欣而局促，而不停歇

（原载《特区文学》2021年第4期）

无　穷

霜　白

比如我问你圆周率是多少，
你并不能写下一个绝对精确的答案。

但它就在那里。每一天，
你的车轮在转动，

这个星球也在转动。

始终有那样一些东西，
是日常，
同时也是奥秘。

老子和孔子未曾指明的，
霍金也没有给出。

就是这样吧，
那永无答案的部分，
让我们跟着星球不停转动。

（原载《诗探索》作品卷 2021 年第 2 辑）

淋　雨

商　震

大风过后
雨跟着就砸了下来
路上的人们急匆匆地躲
好像在躲天上落下来的刀

我内心充满了蔑视
不紧不慢地走着

雨是愚蠢的
愚蠢是人们躲不开的

雨淋湿了我的头发
浸湿了我的双脚
打湿了我的胸口
头顶、双脚和胸口湿透了
其他部位湿与不湿
都可以忽略不计

这是平生第一次不躲雨
第一次任凭雨的冲刷
雨越下越大
我干脆站着不动

雨瓢泼如刀
剔去了我身体里所有的戒律
还有浮躁的热情
我正与愚蠢同流合污

雨停之后
我回到家照镜子
看到了一个原始的我
并觉得愚蠢
可以让身体变轻

（原载《安徽文学》2021 年第 1 期）

和　平

商　震

一只老虎
在树荫下纳凉
荒草和虎皮浑然一体
风柔和地走来走去

羊们悠闲地吃草
距离老虎只有五米远
羊们咀嚼草的声音很轻
很怕影响老虎休息
老虎的呼吸也放得很轻
也怕影响羊们吃草

老虎紧盯着羊
羊们根本不看老虎
好像老虎是羊养的宠物

太阳即将西沉
这片草地一派祥和

（原载《安徽文学》2021 年第 1 期）

另一个自己

苏历铭

我活得卑微
心底隐藏众多悲喜
遇见任何一个人
首先想到的是使用敬语
让所有人拥有尊严
让自己彬彬有礼

肉身之外
活着另一个我
血性刚烈，不食人间烟火
敢爱敢恨，从不宽恕
他是一个爱憎分明的诗人
在单薄的白纸之上
激扬爱憎分明的文字

我选择顺从于生命的无奈
夜深人静时，用清茶
冲淡淤积的忧伤
浩瀚的宇宙里
星球不过是一粒尘埃
最终都将烟消云散
难以替天行道
何须大动肝火

而另一个我
从来都是目空一切
让我不能安心做一个谦谦君子
我有多妥协，他就有多愤怒
我有多忍让，他就有多冒犯
寒江孤影，像是传说中的侠客
剑指所有不公平

有时我会迷惑
哪一个是真实的自己
需要不断辨识自己的身份
犹豫不决时，另一个我
就会露出不易察觉的轻蔑
然后一语不发
扬长而去

（原载《诗探索》作品卷 2021 年第 1 辑）

兄弟老陆

苏历铭

在去机场的出租车上
预订飞往珠海的机票
疫情期间，我可以用任何一个理由

找到无法前往的借口
但我不想留下懊恼的遗憾
即便没有直航飞机，也要辗转而行
送一位把我始终认作兄弟的人
最后一程

当年我们盘坐在立山连峰下
各自讲述青春往事
憧憬未来的美好
用一杯茶，浸泡留学生活的清苦
用炽热的心，暖热北日本海寒冷的冬夜
孤独无助的时间里
互为依靠，共同抵御
说下就下的大雪

兄弟老陆，始终如兄长般宽容
我变本加厉的调侃
从来没有误解彼此的内心
他在人世间有着太多的牵挂
若不是耗尽最后的力气
不会掰开亲人挽留的手指
多希望死亡是一个笑话
笑着笑着，不得不转过身来
掩面恸哭

（原载《诗探索》作品卷 2021 年第 1 辑）

我在河面上刻字

石英杰

易水一波三折，一折三叹
倒提着镔铁剑
在河面上刻字
一笔一画
一字一顿

落日将尽，河水东流
刀那么沉
字这么深
你告诉我
为什么自始至终却荡然无存?

（原载《燕赵晚报》2021 年 7 月 30 日）

纳鞋底

宋心海

后半夜，母亲喝过一碗中药后
用僵硬的手指
用力挠了一下头，仿佛四十年前
纳鞋底的锥尖，又划伤了头皮

那些冬天的夜晚
煤油灯下，她守着我们兄妹四人
一边纳鞋底，一边说着旧事
说着说着，我们就睡着了

现在她已经没有了纳鞋底的力气
但还是惦记着儿孙的冷暖
她一个字一个字地说
用尽了全部的力气
仿若当年，她一针一针地
把满心的关爱，纳进我们的鞋底里

（原载《北方文学》2021 年第 2 期）

某一天

宋晓杰

夜风温柔，是否使杀伐
——可以原谅？

生牡蛎正在火上烤
滋滋的声响
那么小，我也能听到
你凑近火苗儿，点燃烟斗
与隐身人，交换暗号

炉火跳了一下：是谁在疼？

坐在傍晚的庭院当中
你望着长天，若有所思
咝咝地倒吸着凉气
多少有几分郑重：
能够消受的，越来越少了
要求，却越来越高

藤蔓间，葡萄瞪大了好奇的眼睛
高高低低的栅栏上
爬山虎，吵吵闹闹地抻着懒腰
余烬，终于放了一把火
身外之物，全是黑洞——
我品着妙不可言的大海
你却听到激流，穿过海岬
顺流而下……

（原载《百花洲》2021年第1期）

衡水湖上，三只野鸭

孙方杰

一只大鸭驮着一只小鸭
另一只小鸭紧贴着大鸭的翅膀

在学习凫水，同时

学会爱上这湖水的波光粼粼

爱上荷花的摇曳，爱上菖蒲的洒脱

不需要多久，它们将开始学习飞翔

还会爱上湖水上面的天空

天空上的白云和星斗

这大自然多么美好啊

一切都在继续，一切都在伸展

那翅膀上的闪烁之物

是一只老鸭的爱情，和两只小鸭的成长

是这湖里的水，回到了大海

又归来

（原载《诗刊》2021年5月下半月刊）

三个孩子

孙晓杰

很久很久以前，一个吉卜赛的

巫师，来到德国乌尔姆市

三个孩子的母亲，请巫师预测她们

三岁孩子的命运

第一个孩子来自美国

他伶牙俐齿，背诵了《独立宣言》

宣示的真理
巫师喜出望外，在羊皮书的右上角写下
他将成为一个伟大的训导者

第二个孩子来自英国
他心灵手巧，用一堆散乱的木棍
拼接出伊丽莎白塔
巫师喜不自禁，在羊皮书的右下角写下
他会成为金字塔建造者的继承人

第三个孩子来自本地
家住班霍夫大街 135 号。他低着头
一言不发，像个智力低下的哑巴
巫师叹了一口气
孩子的母亲流下屈辱和难过的眼泪

三十年后，一战爆发
第一个孩子，被关进了监狱
他是一个巧舌如簧的骗子
第二个孩子，从监狱里逃跑
他是一个撬门别锁的窃贼
第三个孩子，住在柏林。送信人以为
找错了地方。他说，是我
没错，我是爱因斯坦

（原载《诗探索》作品卷 2021 年第 3 辑）

榆钱儿

孙殿英

坐在庭院里的母亲
含含糊糊地说出“榆钱儿”
那是她中风瘫坐的第十个春天
十年，她已经向疾病妥协
她已经向岁月妥协
接受了不可逆转的宿命
身在和煦的春风里
不再挣扎，不再敏感于季节的变化
她说出的“榆钱儿”
也有气无力，无精打采
甚至，话还没说完
她的视线，已经从那棵榆树上挪开
今年，榆钱儿又绿了
我又想起母亲
坐在门前
坐在春天的暖阳里
打瞌睡，含混不清地说着“榆钱儿”
这是母亲去世后的第十个春天
十年，沧海桑田
好多事儿都已经不存在了
就像而今的院子里，没了榆树
就像一个人，越来越模糊的背影

模糊得再也看不见

（原载《诗探索》作品卷 2021 年第 3 辑）

每一个年轻的祖母

黍不语

走在路上我也是一个生动的人
我的头发茂盛像青草
像来自遥远，野外的处女地
胳膊有力地摆动。嘴角
含笑
一点点微微的倔强

昨夜的争吵像细雨
洒在屋顶
有什么在空中悄悄改变
当我流泪
你知道我还年轻
还在反对着什么

而和解是最后要发生的事
正如一条路走到底
它将在远方安息

多少次

我走在一条无人的小路上

看见永恒的落日正挥洒它最后的光芒

在世间

将一位年轻的祖母轻轻锻造

（原载《扬子江诗刊》2021 年第 2 期）

逮　捕

尚仲敏

逮捕在追捕之后

我曾见过一只猎犬

追捕一只野兔

那是很多年前的

一个早晨

雪下得很大

我还很小

几十年过去了

我的童年

其他都已经模糊

唯独这次追捕

一只狗对一只兔的追捕

在雪地

它们奔跑的样子

经常出现在我的眼前
而且异常清晰
当猎犬
把野兔死死地按倒在地
我想起了逮捕这个词
这个瞬间甚至
影响了我漫长的一生
在人群中
我时常保持着警惕
仅仅是为了
不要像一只兔子那样
轻易被一只狗逮捕

（原载《江南诗》2021 年第 3 期）

沉寂的弦

邵纯生

有人约我去歌厅，闲聊，飙歌：
来呀，这里有绝对虚无的安魂曲
我没答应，也没一口回绝
手握电话沉吟：这迷离的尘世啊
这偏执而焦躁的年月
相拥起舞，该调试怎样的音节
激活麻木的味蕾应选哪一类词根

虚掷了太多的年华我悔之莫及
沮丧和戾气何日云开雾散？
暮色中，我想借助呼啸的北风
像火焰的灰烬，让一团落日
重新点燃胸腔剩余的闪电
今夜，我觉得，或许会有一首歌
披挂着当初青春的迷彩服
从遥远的天际穿越耳边
热情，有劲儿，略显一点苦涩
拨响心中那根沉寂的弦
哦，月亮升起来，高悬星空
照抚出没的蝙蝠和我浑浊的肉身—
一轮明月，直逼万盏灯火

（原载《青岛文学》2021 年第 1 期）

端午节

邵纯生

死的念头，即是忽然一闪也是羞耻的
也有负蓬勃的万物和柔顺的风——
这一天，我的眼里总是泪水满盈
忍不住从一个人的死假想到自己的死
从一个人的不幸，推及众人的不幸

（原载《散文诗世界》2021 年第 6 期）

热　寂

天　乐

那年家门口那条路还没修好
时间，还不是我们的敌人
我们光脚，踩在细碎的石子上
生活近乎陌生
周围的气息
像一场无法昭雪的冤案

那年的夏天
只给我热和寂静这两种感觉
记忆把所有人全部清除掉了
是非的界限慢慢模糊
超市光鲜亮丽

水蚕羽化成蜻蜓
那年夏天的傍晚
那棵夹竹桃，似情感遗嘱
开花是叮咛，落红是执行
已知事物都不足以解释
未知事物

（原载《诗探索》作品卷 2021 年第 1 辑）

河流史

谈　骁

我最喜欢的三条河，
依次是伍家河、清江和长江。
伍家河在回龙观汇入清江，
清江在宜昌汇入长江。
我的一生就是流水的一生，
在伍家河边出生，在清江边长大，
最后停在长江边，看着江水远去……
清江的水在里面，伍家河的水在里面，
我过往的生活因此没有消散无形，
它们在流水里，我随时可以取出一杯，
它们在流水里，继承了一个少年的意志，
去更远处，过他想象了无数遍的壮阔生活。

（原载《人民文学》2021 年第 9 期）

敬亭山小坐

唐　力

我只想陪这些草木坐一会儿
草木摇曳，入我之心

我只想陪这些暮色坐一会儿

暮色点染，涂抹我衣

我只想陪这些石头坐一会儿
石头谈心，印入我身

我只想陪这些流水坐一会儿
流水如洗，涤我俗尘

我只想陪这些鸟儿坐一会儿
鸟儿突飞，赠我空无

我只想陪李白的诗歌坐一会儿
词语渊默，遗我巨雷

哦，世界
我只想陪孤寂小坐一会儿
孤寂如我，相看两忘

（原载《朔方》2021年第1期）

雪天的电话

唐　欣

给母亲打电话　正逢雪天
这就给　一向沉闷的谈话

提供了新的话题　你可以
去阳台上看看雪嘛　看了
一直在看　可惜　下到地上
就化了　这儿也是的　不过
雪花在空中飞　也好看得很
我有时候　站在那儿　呆呆地
一看就是一个多小时　看不够
实际情况是　在昏暗的雪天里
他还想到了童年和晚年　但这些
好像又都是　不必要讲出来的

（原载《雨露风》2021 年第 6 期）

分　娩

图　雅

整个上午
哦，不，其实最多是半个上午
我都在观察着天空
哦，不，其实就是偶尔一下
又偶尔一下观看
天空的云
经历了一个最为痛苦的分娩过程
黑暗，灰暗，晦暗
变黄，变紫，变得像老腊肉一样……

生一场雨原来这么难
我在天空的产房外焦急地等待
针线活都做完了
还没生下来
喳喳喳，几声喜鹊的报告
我抬头一看
原来，生出了午时的太阳

（原载《诗潮》2021 年第 6 期）

在边城

涂　拥

视线被对面陡峭山壁挡住
只能落在几只鸟上
它们飞不过山巅
那边云贵高原，有着另一片天
好在石头中长出几棵松树
接住鸟翅

我的下面，昨晚山洪
挤着今天雨水
使永宁河泡沫飞溅
像我面前茶杯，沸水冲后
茶叶慌作一团

我坐在边城中间
泡了一天，也像是一生
直到夕阳代替我坐在河边
显得悲怆又斑斓

（原载《滇池》2021 年第 2 期）

本来关押着两只老虎，偏偏就少掉一只

汤养宗

一些神秘的指数一直藏匿在我们的
生命中，有的成了呆账
本来关押着两只老虎，偏偏就
少掉一只。
另几块田亩面目对谁都不讨好
白天是一片茄子，夜晚全变成了青椒
有人在我身体里一直唱反调
使我永远是亏欠的
或不要脸的，多了又少的。
并一直要辨别出结果
为何内心里只要活着一个人
后来又养出三五个
还喜怒无常，时常扭打成一团
大醉醒来，摸着身体也摸着万水千山

有的河流在改道

路标已被改写。迷途者

或逆行者，却是我命中曾经指点江山的人。

（原载《广西文学》2021 年第 1 期）

稻草人之夜

谈雅丽

春夜潮湿寒冷

我从医院回家

小侄儿留在家中

和他一起坐在火炉边

读着稻草人的故事

月亮隐入黑暗，星星结队远去

只有稻草人还在看护毁坏的稻田

他没有心，也无法行走

我们读到：稻草人无可奈何

只能往前一扑

没有抓住任何东西

因为尘世那么多无能为力的爱

我们，都流出了热泪

（原载《草原》2021 年第 3 期）

墓碑记

谈雅丽

二号矿井遇到进水塌方
留在矿井里的三个煤矿工人没法找到
如何平息那场矿灾已无细节可查

广福桥煤矿因此被关闭
有人，在封闭的井口——
立了一座墓碑

我们找遍了整座荒山
也找不到从前的井口
荒草掩没，小径消失
一段坚固的围墙立在茅草丛中
三十年过去，青苔遍生
荒山野径，到处是断壁残垣

一声鸟鸣在青山间呼唤
但答话的是死神，他说：

寂静——寂静——

（原载《草堂》2021 年第 2 期）

我们之间的微气候

王　晖

为了不可能的抵达
让我做一盆你窗前的小植物吧
远处的春山和天空里的湖
是你喜欢的
也是我喜欢的

如果我能开出柔和的小花
就是对生活的报答
我的表达
只能在语言之外

我用绿色的枝条
繁衍出细密的路径
每一个分岔的路口
都有我专注的寻找

我要把生命的澎湃捂住
让静静的生长

遮蔽自己
悲欢离合的命运

我从不反抗
谁剥夺了我的语言
我一直抵抗
作为人的复杂与欲望

（原载《青海湖》2021 年第 4 期）

十月颂

王　琪

我爱十月的北方：开阔，宁静
烟火味渗透进巨大的落日，异常浓厚

我潮水般的记忆
泛着各种色彩：黄的、紫的、灰的
从胡麻地到杨树林，从马兰花到玫瑰花
无一不验证着时光的凝滞与寂寥

可我眼前翻飞的鸟儿
一再启示着六盘山以北秋日的景致
它还没有被大风吹走
也不懂人世凉薄

即使滑过日暮下的湖面
即使翅膀弯过山坳

我不能确定，十月过后
是不是天气真的变冷
但我能说清的是
我眷恋的一切，都在十月的北方

——在有形与无形的时光里
我们唯有各安其命，各行其是

（原载《朔方》2021 年第 5 期）

旧时的月亮

王小玲

那时，松果酵浆、菊花蒸糕、葡萄酿酒
鸽子落满房顶，鸡鸭栖在檐下

与泥土、草和庄稼为邻
在乡间活得自由散漫，孩子们和牛羊
一道散养在山坡
身体壮硕，眼神明亮

谈及从前，总是相视一笑，我们乐得这样的荒废

无论世事如何变化

我们依然爱着旧时的月亮

（原载《青岛日报》副刊 2021 年 8 月 2 日）

山间叙

王子俊

一想到山间那些烫手的历史，

我们便开始谈论，

萧瑟

像马上要下来的暗。黑沉沉，一大片。

危机，也往往让人始料未及。

像枯枝上，几只斑啄木鸟，

用唇喙

笃地一下，就封住了，槭树林落下的灰寂。

我们一谈及，岭上松涛深藏。

从云南出发的大风，

像脚起泡了，

干脆就让那些变形的晚云，落到了四川。

（原载《诗刊》2021 年 4 月上半月刊）

手术室外

王子俊

一群人都寡言，像传染了沮丧感。
他们来自云南的华坪、永仁；
来自凉山的德昌、会理；
来自白马镇、大龙潭。
他们站着，走着，或席地而坐。

过一会，在楼梯间，他们躲开护士，抽起叶子烟。我抽细支烟。

过一会，可能就有几个人开始大哭，跑下楼梯。

（原载《草堂》2021 年第 1 期）

一个晚上

王文军

干完了一天的活。多么好
月亮在天上，灯火在人间
果园的荒草已经除掉

果树坐果了，安安静静的
没有更多的表达
就像同样安安静静的我

此刻，如果有人来到果园
多么好，哪怕是一个陌生人
我也会陪他好好聊一聊

我们在树下说话，星星蜂拥而至
星光垂地，心里亮亮堂堂
一些事物的本真渐渐显露

（原载《星火》2021 年第 4 期）

偶尔还会想起

王夫刚

终于到了满足往日心愿的时候了
——写一首诗，献给爱情
但爱情已经生出隔夜的
味道——成熟的另一个说法
叫作朽烂——坏脾气
属于个人财产适合自我珍藏
可爱的青春才是向青春致意的理由
失落，淡定，都不值得
一再提及——偶尔还会想起
从前的风刮过夏季
旅途，以及旅途中的风景——

马赛人从不计算牛羊的
数量，远山呈现出
健康的形状……啊，爱是一种伟大的
存在，慢慢降临的黄昏
却有足够的耐心适应遗忘

（原载《芒种》2021 年第 3 期）

旧报纸

王单单

出于好奇，我收藏了这期报纸
一个孤儿，刊登启事
寻找亲人和故乡
我妈说，他和我长得很像

我端详照片里的人
真是另一个想要回家的我呀
站在窗前，我把报纸
撕成碎片，从四楼撒下去——
就这样吧，我想
我们到家了

纸片纷纷扬扬，落了一地
忽然风起，它们

再次飘飞，像若干个孤儿
在寻找故乡。大地上
因此，到处都是
流离失所的人

（原载《四川文学》2021 年第 5 期）

老年书

王怀凌

树木脱光了叶子，练习在逆境中生存
屋后的小山丘，身披干枯的蒿草
仍有大面积肌肤，在寒风中裸露、皲裂
风雪盖过一层，又一层
冬已深，鸦雀阒寂，闲云散淡

我体内的火像叶子的水分一样消耗殆尽
白发稀疏，一如屋后的山丘
不是我故意放慢脚步，想留住沿途的风景
肉体与骨骼有不同的意见和争执
日子与往年没有什么两样
去年穿过的棉袄，上身，穿出一身寒气
旧棉鞋，让心凉到了脚跟

我是否真的已经老了。再老

就跟门前的小溪一样进入枯水期
又一场风雪即将来临，肩周炎神性地准确预报
迫使我向岁月认输
而岁月静好，让一场雪再次宣判一个人的白发
让一个矛盾体，忽而缥缈
忽而悲叹

（原载《黄河文学》2021年第4期）

见　证

汪剑钊

走近桦林小镇的时候
我看见一畦畦成熟的向日葵
沉甸甸的葵秆横遭腰斩
然后，再度被依次精心地植入泥土
它们垂下圆形的头颅
奄奄一息，躯干兀自挺立
并接受阳光的拷问
如同一名濒危的孕妇
任凭身体的水分被彻底晾干
只为让腹内的孩子保留一线存活的可能

毗邻的玉米田失去了平日的喧嚣
一位红衣农妇弯腰躬背

在根茬交错的地头捡拾随意堆放的玉米棒
散乱的穗须仍然随风飘动
锋利的镰刀早已在垄沟里安静地休憩
一头花牛和一头黄色的小牛犊躲开了
收割机的牙齿
在麦地与水渠之间发出“哞哞”的悲鸣
维持动物仅存的尊严

此刻，向日葵是玉米田的见证
根茬是旷野的见证
蒿草是白桦林的见证
农妇是丰收与殇夭的见证
而我是过去与未来最亲密的友人
在当下见证秋天
一个在成熟中流逝并在死亡中收获的季节

（原载《中国作家》2021 年第 4 期）

黑　痣

翁　筱

我的母亲是个瘦弱的美人
而我长得并不像母亲

思念是一种病

它会传染相貌、脾气，以及身体
父亲有时候恍惚
有时候会莫名的发火

前天，我在思念母亲
昨晚，我在思念母亲
今日，我在思念母亲
我在消瘦，并经常冒出虚汗

思念，真的是一种病
不知何时，我的下巴上
多了一颗与母亲一样的
黑痣

（原载《诗乡》2021 年上半年刊）

父　亲

吴常青

一把口琴
重音，二十四孔
父亲早已忘记
他结婚前的随身小乐器
侥幸被我存留至今

当我双手捧着，来回移动
时光触及嘴唇
吹出悠扬颤音

这是父亲节之前的一个周末，我回家
在客厅表演的第一次独奏
听众有两个：
沉默寡言的父亲、耳背严重的母亲

当我带着口琴返回城市
父亲在老家
逢人就说起，我继承他的口琴爱好
说起他二十四孔的青春与爱情

（原载《岷州文学》2021 年夏季卷）

山顶上的树

吴春山

山顶上的树，寥寥几棵。独树不成林
与我们的目光相遇时，它似乎又矮下去一寸
宛若这样，逃脱一次命运的砍伐
风雨雪是后来的事。现在我所说的是阳光
从东边投递过来的光线，打在树干和
稀疏的叶片上，灰鸟，模仿落叶，只负责

起飞和降落。树不知道，我们到来
只是在树下借助它的影子，切割、打磨
一块石头，为一个死者凿碑
几片剪影似的阳光从空隙处
侧漏下来，像是在捕捉
一些不易觉察，关于生死尺度的信息。接近暮晚
斜斜的树影，从最初的一侧转移到相反的位置
少许有人知道，那些折返的
影子，也发生在树的身体里

（原载《中国作家》2021 年第 8 期）

我曾被春天温柔以待

吴颖丽

在一株挺拔的樱花树下，
我曾被春天温柔以待，
春意满怀。

它曾用花冠堆叠出耀眼的绚烂，
教我铭记热烈是生命之源。
它还用清芬欲滴的花蕊，
教我对高洁心生祈愿。

而那些飘逸的花瓣雨，

恰似轻抚辛劳的樱花谣，
教我懂得哀而不伤的隐喻。

（原载《民族文学》2021 年第 3 期）

阳光照在废墟上

武强华

阳光割开了两个世界
明亮的一面，三个孩子
在水洼边玩泥巴
红色黄色和绿色的衣服
使阳光也散发着糖果的味道

另一面，间隔不到一米
高楼遮挡的阴影
压着废品收购站凌乱的小山包
生活的旧物，被时间
遗弃在了不起眼的小角落

简易的工棚里
饭菜的香味已经飘出来了
年轻的母亲在一遍遍呼唤
孩子们却依然乐不思蜀
泥巴真有趣啊。我舍不得离开

七楼的窗口。太阳也舍不得
移动得太快

（原载《星星诗刊》2021 年第 8 期）

跟随一条河流往山谷深处去

武强华

跟随一条河流往山谷深处去
却发现水流的方向
与我们想象的完全相反

也许石头不会
和我们犯同样的错误
但它高耸着，孤绝就是种暗示

水的尽头，山谷合拢
渐次平缓的山坡上，几头毛驴
沿着蜿蜒的山路继续进山去了

风大，但阳光透亮
站在弯道的一块大石头上
巨大的空茫，让我摇摇欲坠

也许错觉一开始就是正确的

正是一种未知的迷茫，像神一样
不断修正我们的无知

（原载《诗潮》2021 年第 7 期）

2020 年的第一天

小　西

天气晴好，我在阳台上睡着了
梦见高大的玻璃
立于天地之间
犹如过去，现在和未来之门
有的已关闭
有的还未开启
透明，但无法穿越

我留下来
继续与幽深的时间发生碰撞
并找到它的薄弱之处
当它出现裂缝时
巨大的海浪忽然涌入

我惊醒，发现自己
正坐在“现在的门”里——
煮茶器沸腾着过去的水

一盘未完之棋，被鹦鹉打翻在地

（原载《诗探索·作品卷》2021年第2辑）

在爱的男人身上，找到父亲

西　娃

你种的银杏，玉兰，枇杷树
已经遮盖了半个院子
坐在浓荫下，我读这本一直读
却读不完的小说——《至爱游戏》

我从没跟你谈论过爱情，父亲
仿佛这从不是父女间该有的话题
可父亲，我一直在爱的男人身上，寻找你
当他初见我就说：自家人来了时
我几乎把他当成了你
当他把自己喻为种树人，我抱紧了他
他如你一样少言，孤傲，不向任何人述说自己的悲欢
当他不问我任何尺寸，却给我买到最合身的衣物
当他用军人般的风范劳作奔忙，顾不得给自己擦汗时
我坚信在他身上找到了你

我任性，敬爱，信赖……如面对你
父亲，你把我迁就得无法无天

他也把我迁就得无法无天
可父亲：你已对我沉默了 20 多年
他对我已沉默了 46 天
父亲，祈求你给出答案：我该怎么办？

（原载《诗潮》2021 年第 1 期）

汤旺河镇

晓　岸

西山永远是接纳落日的地方
霜降过后，河水露出
干净的卵石
它们一生都在奔赴的路上

在汤旺河镇，一个人，消化了
过多的安静时光
镇子外面的针叶林
有时会走出来失踪多年的家畜

它们去了哪里
它们肯定会记住那些
记忆、经历、长长短短的黑夜
如果它们肯开口说出

还有一生都不开口的事物
在汤旺河镇
被山岭分开的铁轨，布满红锈
它们把自己封死在远去的汽笛声中
在漫长的枕木上，代替消失的一切

缄默。代替它们减轻
一个失效的地名加给记忆的重量

（原载《绿风》2021 年第 1 期）

命运的中途遇见你

——致儿子

熊　焱

你的母亲进入产房很久了。我在走廊上踱来踱去
时间漫长得仿佛已历经一生
偶尔我伫立窗边，看到对面的楼顶上
一群鸽子不断飞起、盘旋，最后
它们飞向了广袤的天宇
我知道，一个即将到来的生命
是为了追逐长天自由的梦想、世界轻盈的飞行
当年我从母体出发，跌跌撞撞地穿过人世
峭壁处有奇景，柳暗中有花明
我在命运的中途遇见了你，这是上天的恩赐

是走遍多少万水千山后的奇迹
就像长江相逢大海，飞鸟邂逅天空
我们将一起经历颠簸的岁月、一个个悲喜的瞬间
尘世的星辰闪耀在前头，人海的浪花分涌在两边
而你将从人群中拐弯，拥抱你人生的银河系
正如现在我站在这里，等着你走出那道生命之门
就像世界张开臂弯，容纳人类世代相传的命运

（原载《桃花源》2021 年第 2 期）

三月来信

熊　曼

许久不见，你可安好
已是三月，我还在乡下
病毒封锁了进城的道路
天气晴好的日子
我会去田野上走走
用春水洗手，用野花洗眼睛
昨天我遇到一棵树，有枝，有叶，有巢
枝是黑的，叶是枯的
一棵站在春水与野花中间的树
春水荡漾，野花泛滥
真奇怪，一棵树

没有春天该有的样子

（原载《飞天》2021 年第 1 期）

亲人们

秀　水

祖母说
地上少一个人
天上就会多出一颗星

二十五年前，人间少了祖母
十七年前，少了叔叔
十年前，少了大伯
四年前，少了姑姑
就在一年前，我的父亲
也悄无声息地走失

这么多亲人在天上
我努力睁大眼睛
却辨认不出其中一个
最大的一颗不是
最亮的一颗不是
比较大比较亮的那些也不是

巨大的夜幕之上
亿万颗拥挤的星子
闪着点点的光
长着同一张平凡沧桑的脸

它们都像我的亲人啊
在大地上卑如蝼蚁
在天堂，暗如微星

（原载《诗探索·作品卷》2021年第2辑）

春天对谁都不会遗忘

秀　枝

河面上，固执了一冬的坚冰
日益消瘦，将要回到水的怀抱
鸟群在夜里擦拭翅膀
蚂蚁巢穴里尚存食物，正好能等到
门前出现一条春风荡漾的路
桃花从根部暗暗犯相思
躺在地上悲伤的秸秆，梦见了
自己的孩子从田里长出
种子在瓶子里说话
孤独的牧羊人，眺望天边
积雪之外呈现的一片草场

送信的人，从日暮的西山
回到东方，雪中有冻僵的双手
与柳枝一道苏醒，拨弄
东风中一度喑哑的琴弦
逝者的墓前，冻土渐渐松软
草木会返青，将人世的悲欢一幕幕
呈现给他……

春天对谁都不会遗忘
春天对什么都会有恩赐

（原载《时代文学》2021 年第 4 期）

黄昏的秩序

许　敏

山顶寺庙的耳蜗，还在收集
晚归的鸟鸣。风，贴着地皮
剃刀片一样，将远近的
山石和草木的
发须，剃了个遍

俯瞰抑或仰视，不过是飞翔之物
跃入群山的方舟。湖水
不甘沉沦，摄下这

平淡而精妙的一瞬

晚霞用复眼，用独特的
放大器，挣脱人世
画布的幽蓝

最后，还是坡地上羊群的钟声
缓缓敲下沉沉的落日

（原载《特区文学》2021 年第 6 期）

午夜日记

辛泊平

似乎只有如此，在深秋的颜色里
重新打捞乡下的记忆

那些散落在炊烟中的疲惫
少年的野心，考试之前的惊慌

一首诗拯救不了一只蚂蚁，但可以
让一个孩子的河流改变方向

深秋时节，父母收藏了粮食
草木买断了悲伤

秋天，是一个人纸上的乡下
比如秋收里的寂寞，修辞上的黑白

（原载《诗选刊》2021 年第 8 期）

观鸟记：致白云

徐俊国

擦了擦望远镜，
古旧的一天，明亮了许多。
在九鹿湖，经常可以观测到：
勺嘴，斑嘴鸭、凤头潜鸭、野鸳鸯、
骨顶鸡、八哥等鸟类。
在浑浊的湖水和白净的佛塔之间，
一飞，一落，
白鹡鸰用一条波浪形的弧线，
让二者产生了神秘的关联。
总有陌生人，不断走进我的生活，
左手抱着春天的树苗，
右手提着冬天的斧头。
在一大片红蓼中央，
想起爱和伤害互相抵消，
想起被锯掉的鹿角爆出花芽，
好像第一次，我凝视自己。

吾未丧我，也未感到
白云曾在我心里投下阴影。
世事只是飘过，
飘过，也就过了。

（原载《扬子江诗刊》2021 年第 2 期）

谢谢你来看我

许天伦

我还在等，像群山等落日将光辉
倒入蜿蜒起伏的身体
这时的一队晚雁飞过，小湖边
我已坐立不安。原来
你说得没错，我，一个急性子的青年人
尽管写诗，但这颗心终是诗中
那个滚滚发烫的词。这些年我仍在为
单调的生活而循环不息，如同河藕
在淤泥中向着渺茫的光，艰难地生长
但有时，思想里的莲花，会触及一些轻浮之物
而成为，这些轻浮之物的傀儡
所以我要说，谢谢你，在这个傍晚来看我的人
湖水说出深藏太久的涟漪，我从你的眼睛里
看见，一只斑斓的蝴蝶脱离了秩序

飞到固定的晚风中，永恒凝聚在某个瞬间
不知为何，忽然觉得
我是第一次观看到，那么美的落日

（原载《诗歌月刊》2021 年第 4 期）

无花果与大象

薛依依

陌生人看见我朝远处微笑
初秋的草场有一只擅长遁术的鹿

我用食指在皮肤上涂抹着铅丹
让它成为颜料，描绘河流、山脊与郁结的云
是否有另一种可能？可以抽离甘甜的泉水
在眼窝的深处耕出一亩良田，拥有完美的浆果
整整一个夏季，我躺在无花果树下
常常感到颤抖又无助

石菖蒲的枝叶指向青苔，回头的路同样漫长
想想宇宙，想想尘土，想想那逝去的万物
那么，神秘学的坏预言我将变得可以承受

我还剩下一颗无花果，和一头会表演走钢丝的大象

你选吧

（原载《诗探索·作品卷》2021 年第 1 辑）

独坐草间

谢 虹

现在阳光越走越小了
一只失语的甲虫和我
风在山路上呼唤万物回家

黄昏的风把草又梳理了一遍
马群跑过三千里草场
金黄的经筒，流水的琴声
谁布下了生死，苦药和想象
一朵云去了什么地方

风轮菜匍匐生根
山色空旷，草尖凝霜
告诉我这一切哪些才是真实的

（原载《诗探索·作品卷》2021 年第 4 辑）

大王镇夜晚的小酒肆

谢　虹

大王镇十月的小酒肆
月亮升起来了，这漂浮的橘子
述说着爱和仙境
我不懂酒香
但今夜可以陪你小酌
然后，用十二种颜色醉给你看

这个夜晚柔软得让人欢喜
小南风吹过红屋顶，潮汐涌动
你唱着小时候的歌谣
江心岛的小栗树下
有我的纸船、浆果，还有一杯龙舌兰

如果这些还不够，我可以收起心的翅膀
在清风里唤醒
我们的七个女儿，然后给她们
都起上一个带水和草的名字
让她们在十月的风中幸福地生长

（原载《诗探索·作品卷》2021 年第 4 辑）

苏腊巴亚

谢夷珊

抵达之后，我竟不知道自己在赤道之南
不是到雅加达，而是赶往泗水
爪哇岛那么小，但又觉得它如此大
泗水也如此大，它的名字叫苏腊巴亚

傍晚时分，仿佛远处出现一片荒凉的沼泽
有鲨鱼和鳄鱼出没，那是东爪哇
北岸某河口，仍有庞大兽物在黄昏叫喊
它们远离乌戎——丹戎佩拉克港口

爪哇人把它们的柚木、甘蔗和木薯运出
马都拉岛的橡胶、椰子，胡椒如期运来
都是同时前往一个地方：苏腊巴亚
我看到的苏腊巴亚，笼罩暮色苍茫

苏腊巴亚，像世界上任何一个地方一样
哪怕只见识一次，都不舍得扔开
我还将赶往北岸，涉过布兰塔斯河
然后一直往东，或许天明才上到巴厘岛

（原载《诗探索·作品卷》2021 年第 2 辑）

在色季拉山相遇

于　斯

爬色季拉山的时候
旅游大巴坏了
大家唉声叹气
迎面走过来一队磕长头的信徒
在路边雪地坐下
煮茶唱歌
他们看起来挺穷
但很自在快乐

有个老奶奶问大巴怎么了
我们的藏族司机说
它生病了，跑不动了
老奶奶立刻往车头挂一条哈达
然后跪下去念经祈祷
这些信徒离开后
半车人嘲笑老奶奶愚蠢
我突然明白
这车为啥坏在半山腰了

（原载《诗探索·作品卷》2021 年第 4 辑）

秋分词

于成大

秋分是一个老地方、旧地名
打马归来，故国微凉

卸下疲惫与远方
只保留衰老和鬓上的雪
卸下山冈斜阳和道路
只保留枯木和鸦声

故地重游
只不过是一些用旧了的草木
只不过是燕换成了雁
荷换成了菊

今夜
芦花无法摆脱西风的追捕
树叶无法推开眼前的霜
人间的苍凉，随窗外的山势起伏

（原载《草堂》2021 年第 6 期）

小叶玫

于海棠

为了在静止中，蓄积更多的养分
我剪掉它五朵将要
凋零的玫瑰花朵
为了假设它的美与爱情有关
我把信仰给了它
哀而不伤的玫瑰
被反复赞美，和厌倦
在夜色里，我把我最珍贵的分给了它
悲伤和些微的疼痛来自
这还没看够就落了一地的花瓣
当我从旧街花市把它抱回家
像抱着我哀而不伤的身体
一个人需要多少次
被爱和描述，才能获得圆满
我认定它的丰饶会陪着我
而叙述的措辞总是需要
一再修改或修饰
没有人会悼亡
这个季节的凋零
会和什么有关。

（原载《诗歌月刊》2021 年第 2 期）

橘 园

鱼小玄

早霜落了一地，那是昨夜留下的
染过月光的薄帐子也没收起来。
十二只斑鸠鸟从南方来，在竹背篓里借宿了一晚。

橘园升起淡淡的雾，那么淡，没有大风刮过山冈
法力未足的狐仙要从山上下来。
她环佩叮咚，金丝线绣肚兜，她问守园人橘子红了，
橘子究竟红了没有。

你看那绿叶扶苏，你看那橘林婆娑，你看那竹背篓
挂在了哪处枝头。园里埋了一缸旧年酿的橘酒。
美人你不如先卸下银镯。

（原载《诗探索·作品卷》2021 年第 2 辑）

梅子雨

鱼小玄

蝉声轻浅，不过三两声，小小的园子
教人不知春深还是夏浓。

她折得青枝在手，新绣的团扇没有招来

凉风，年轻的修伞匠，依旧青衫款款依旧油纸
卷成一札，背着木箱披雨又来了。

贪酒的爹爹也不知在前院掌着柜还是吃得大醉
罢了，家中这满园的梅子一茬茬总也酿不尽
是上好的梅酒。罢了，这修伞的摊子
怎又一次摆在隔门可望的后巷口。

看一眼，再看一眼，眉目清俊好看
双手修长也好看，可这一川烟草又催来了
满城纷纷雨。酒家的女儿这回定要自己做主
提走家中那坛最甘的梅子酒。

若问闲情都几许，不过是问问摊上修伞的人，
可愿用最美的油纸伞，来换否。

（原载《诗探索·作品卷》2021 年第 2 辑）

太渺小了

尤克利

太渺小了，几十年间
我只在河边的一亩三分地里
碌碌无为地度春秋，锄草、治虫、施肥
只要谷穗开始弯腰

我就张罗着给它们修补麻袋和仓库

稻草人，和我不同

它从来滴酒不沾

忠实地为我守护着谷地上的晨昏

它应该比我还渺小吧，小到了

没心没肺的程度

（原载《六盘山》2021 年第 2 期）

空缺之地

叶丽隽

沿着竹篱笆，一溜儿过去

有我去年秋天埋下的六个芍药块茎

四月了，棠棣开花，桑葚变紫

芭蕉新冒出了一圈的芽头

唯独芍药，还静静地沉睡在地底下

一块空缺之地

时时令我不安：莫非，它们没有挨过严冬？

或者，被鼠类偷食？

终于，我拎来锄头，找准一处

用力地掘了下去

随着翻滚的黑褐色泥土，随着
“嚓”的一声
一面雪白的根茎出现在眼前
那乳白的汁液，还在不断涌出

啊！我心疼得一声惊呼，手忙脚乱地
将残损的芍药块茎和泥土一起回填

五月，其他芍药都拱出了地面，开枝散叶
除了被我开挖过的……

那里，一块真正的空缺之地，缘于我
自身的虚弱，也展示着我今生
一再犯下的过错——生死悠悠啊
而我总是，心急如焚

（原载《诗探索·作品卷》2021 年第 4 辑）

青屋的寂静之光

叶丽隽

咳嗽已有月余。今日，独自在青屋
生了炉子，冰糖炖雪梨

青屋里，有着最为简单的生活
汲井水、生煤炉、出行需要过渡

今我一人在院中，守着噗噗直响的砂锅
这情形，类似于一头孤独的野兽在疗伤

但是蒸腾的热气里，我分明又看见了你，和你
那么回忆，也是存活的一种方式

亲爱的朋友，因为与你的相遇，因为那曾经的
火热的生活，我才拥有了这段时光的宁静

所以，院子里的蜡梅、芭蕉、樱桃、月季
含笑、茶花、柚树、菊花为证

谢谢你，我亲爱的朋友，谢谢——
我多么害怕，一生太短，许多事，就此错过

（原载《诗探索·作品卷》2021 年第 4 辑）

安尼施·卡普尔

衣米一

看安尼施·卡普尔的作品
你有理由不适

有理由捂住眼睛。
有理由尖叫，有理由大笑不止。

在无限可能中
你有理由扭曲，舒展，暗黑，透明。
血淋淋，或者亮闪闪。

在无限可能中
腐肉，旋涡，深渊，伤口，棺木。
花园，星月
大地，水晶，美酒。
它们有一千个名字
这无关创作，这是发生。

（原载《草堂》2021年第7期）

万家灯火

幽　燕

总在这个时候，城市这棵大树就会开出万千花朵
高的、矮的楼房，无数的窗口点亮
总在这个时候，像所有归巢的飞鸟
我穿过万达广场，下班回家

我从不驻足广场的霓虹

我只迷恋住家窗口有些昏黄的灯光
它们让我想起一枚枚甜的、软的果肉
以及包裹其间的生动的核
想起我此时购物袋里的小葱、豆腐、甜面酱
以及一家人的晚餐
想起小时候，爸爸站在阳台上
招呼楼下跳皮筋的我和妹妹回家吃饭
想起这个城市里我的亲人们
也在回家，操持晚饭
像小时候我们围着家里的圆桌一样

如果回到家里，站在窗内向外看
那些星星以及风裹挟着的雨、雪
因了灯光的庇护
而摈弃了遥远、清冷，像是天外投来的
欣赏的目光
又白、又轻、又亮

（原载《诗选刊》2021 年第 3 期）

镜　子

闫红梅

还有谁，比镜子
更了解你

遮盖霜下，你脸上
粗大的毛孔、细小的雀斑，你
藏在鬓间的几根白发，你
微微隆起的小腹，你曾晶亮的眼睛，粉嘟嘟
如同花瓣样的唇，还有你的泪、你的悲伤、你的
无奈而落寞的神情，以及，那件你极喜欢
却不合身的长裙……你和镜子，都默认了各自的
一览无余

镜子，仿佛一种光明磊落的人生，你不离
它就不弃

只有我知道，镜子，其实就是一个
阴谋家，它配合着命运
不动声色，且小心翼翼地
一点点收回，你在人间的
时光

（原载《草原》2021 年第 8 期）

独　酌

颜梅玖

时间仿佛已经消失了。现在

醉意已经来到我的双颊
来到我舒展的身体里
手中的酒像一朵花那样轻颤
而我饱满起来
内心又涌起了水声
此刻，除了成为饱满
我不再是别的什么
我多么热爱此刻——
世界在轻轻摇晃
在慢慢旋转
我在其中升腾
一切都变了
仿佛我已不在人世
如果我开口
声音也一定很遥远
今夜，大海在发动引擎
我允许自己的眼眶
慢慢涌满泪水

（原载《作家》2021 年 6 月号）

看不见的风

颜梅玖

风，一定是从一个地方

向另一个方向移动
不过风吹过了
一切都会恢复平静
风也会继续流动
风用流动保持自己的品质
但有些风
偷偷留了下来
像一种不为人知的念头
悬在有和无的边缘
现在，夜是那么静
只有我知道它在轻轻地吹
让一个人观念里的榆树
发出了若有若无的气味

（原载《作家》2021年6月号）

只有寂寞才镇得住欢乐

岳　西

只有寂寞才镇得住欢乐
那些小学水平、一天到晚叽叽喳喳
那些管不住的欢乐
那些像草一样疯长
不要脸、不怕死
试图以量取胜的欢乐

那些一茬一茬割不尽
你越割它越长
那些挖不断的欢乐的根
那些发生在寂寞之前的可怜的欢乐呀
只有寂寞能镇得住欢乐
只有悲哀能镇得住沸腾的身体

（原载《诗探索·作品卷》2021 年第 3 辑）

致生活

岳　西

来勾引我呀，来骚扰我呀，来继续给我下套呀
你年轻的时候怎么对我
现在还欢迎怎么对我
你漂亮的时候怎么对我
现在还欢迎怎么对我
我对你是一样的，没有变过
只要你快活，觉得有意思、好玩
来玷污我，来放倒我，来把我治得服服帖帖的呀
我的寂寞，是十个你
十个生活
也满足不了的呀
来，来怎么样我都行
来怎么样我都忍受

我外貌虽年暮，但内心正年轻

（原载《诗探索·作品卷》2021 年第 3 辑）

宽窄巷

郁 葱

此巷，关乎风情，关乎冷暖，关乎日月，
望不到尽头，走不到尽头，
岁月更替，暑热寒凉，
皆不是尽头。

在巨大建筑的屋檐下，它几近于无，
巷子口总有一些落下的叶子，
我常常问：你是哪一枚？

我曾和爱的人一起走过，
我曾和不爱的人一起走过，
那时我想，多少爱恨情仇，
西风下已然了之。

天地不久长，
风月不久长，
路灯昏黄，石板路有几代的光泽，
宽窄巷，这一阶一阶地向前向后，

人皆苦矣，

人皆远矣，

人，皆老矣。

（原载《草堂》2021 年第 4 期）

孤　单

杨　昭

母亲去世后，我的心一直肿着

世界空空荡荡，安静得吓人

我只有在一面大鼓上不停狂奔

才听得见自己的心跳

我的隐痛呈闪电状，会在一刹那

照亮往昔所有的幸福

妈妈，我今天回老房子去

遇到你照料过的那只流浪猫

她又瘦又脏，她孤孤单单

她蹭我的脚，她孤孤单单

她跟我走了很远很远，她孤孤单单

她一直在叫，一直在叫啊，她孤孤单单

（原载《滇池》2021 年第 9 期）

雪夜永恒

杨碧薇

直到雪花织成了银丝网
我们仍骑着摩托车漫游昭通城
我的手搁在你衣兜内，头靠在你背上
紧贴你起伏的田野，我眼前胶片蔓延一卷卷倾斜
街衢空荡，路灯向琼苞深处张望
零落的背影匆忙回家
我们有家不归，只想就这么依偎
就这么云中航行虚掷一生

真好啊，抹除语言的世界，唯有皎洁与你我无垠
我的彝族男孩，你的金色耳环迎风摇晃
和你整个人一样，痛饮高原的圣光
真好啊，十七岁
一小时前我们还在锆石的星空下亲吻
一小时后我们将去小酒馆烤火听摇滚
真的好，清酒酿的爱情
它同时带来最柔软的，最悲剧的
以及杯中的烟花
让我们身处其间而浑然不知
纷飞多年，那一夜的甜还流连我舌尖

（原载《诗潮》2021年第8期）

理　想

榆　木

他说：还清房贷，我就不干煤矿了
他说：存上十万块钱，我就不干煤矿了
他说：给孩子攒上结婚钱，我就不干煤矿了
……
他们都这样说，一心想着离开煤矿
十多年过去了。在六百米深的地下，他们
依然被黑乎乎的巷道紧紧地咬住

（原载《草堂》2021 年第 5 期）

绝句（节选）

姚　风

1

我不惧怕黑暗
黑暗并不总是隐喻
它甚至给我宁静
此时，我渴望在黑暗中独酌
或者安眠
是谁给我搬来喧闹的阳光
就像躲在洞穴里的动物
突然被手电筒照亮

2

我乘高度八万公里的电梯
终于抵达了天堂
却看见一纸公告：
内部装修，暂停开放

3

无须用疼痛的汇率兑换快乐
无须用伤口的望远镜眺望风景
早晨的太阳无须在床上昏睡
时间无须长得越来越像医生和护士
健康的爱情
无须天天验血

6

用了六十年的脸
已用成面具

（原载《花城》2021年第3期）

凝视运河

伊　甸

我用我的记忆凝视运河

六十六年的陪伴，水波一样无穷无尽的
恩恩怨怨，冷冷暖暖
我用我的好奇凝视运河
它每一天都在展示不同的风情
它总有新的秘密让我和大地都惊叫起来
我用我的任性凝视运河
每当我凝视它，我感到自己也是一条河
照着它的姿势流啊流

我在阳光下凝视运河
看着阳光和水波的融合呈现无限奇迹
我感觉到自己也成了奇迹的一部分
我在雨中凝视运河
水与水的拥抱
犹若一对为相爱而不怕天塌地陷的情人
我在雪中凝视运河
我看着天空狠狠心撕碎了自己
运河惊诧得说不出一句话来

我用我的愧疚凝视运河
我一辈子欠运河的情
我可不可以写一百首诗来偿还？
我用我的悔恨凝视运河
我的泪水是对它的亵渎
我的一次次远离是对它的背叛
我用我的生和死凝视运河

运河证明我活着，我才是活着
运河证明我死了，我才真正死去

（原载《文学港》2021 年第 3 期）

同学圈

尹　马

黄彩娥和我是初中同学，五年前
成为我的包保户。我第一次
去她家走访，她正往一个圆形的竹筐里
装土豆，想用一根绳子
把一年的产出，从悬崖上吊下来
再通过别人的拖拉机
运到集市上去。当我提出修一条公路
去她的村子时，她抬头看了看天
用与二十年前不一样的笑声
驳回我不切实际的建议
她说在这个峭壁林立的村庄
除了天空，再也腾不出多余的地方了
就连山上的鸟雀，也按树分配
栖身的巢穴。两年前
在我的动员下，她丢下农具
从山上搬到河边的安置房
用满是老茧的双手，在白帛上

刺绣高原上的山水，把内心的疾苦
描绘成明天的好日子
她终于把对我的称呼，从同志
改回原来的同学，也慢慢学会
和我拉家常，探讨两个孩子
今后的出路，并时不时
把一段挤满别字的心得
通过朋友圈
发表成对我的感恩。

（原载《桃花源》2021 年第 3 期）

和而不同的灰烬

影　白

嗅得出淡淡枯草味的北风，
吹着一块荒地上，
猎猎作响的我——

我垂柳之身，
却有一颗苍松之心。

时间给予我的浮力，
被这北风一再地稀释，
成为柳叶与

松针，

和而不同的灰烬。

由南向北的高速公路，

在我右手边一拃处呈现着

这一日，

古老而

一目了然的黄金分割线

——我知道苍松的

时间丈量着我垂柳的时间。

我相信那些不可见的美，

正在暮色中的

垂柳

与苍松之间不动声色地生成。

（原载《滇池》2021年第5期）

寂静的纹理

影　白

巴林石的纹理、青田石的

纹理、昌化石的纹理

和寿山石的纹理……

我的刻刀深知我

年过四十的
纹理接近它们哪一种。

时间的笔触接近永恒。
刻刀的涟漪，
不过是光的一瞬。

尚未命名的冬日午后。
八大山人寂静的
纹理中，
浮现着我难以企及的
另一把刻刀。

这刻刀深知他
放生于画卷的那鱼的纹理。
那鱼眼
世界中的纹理——
一些人活在南柯一梦的褶皱里。
我活在他们尚未命名的纹理中。

（原载《滇池》2021 年第 5 期）

无　题

余笑忠

来不及吃的红薯发芽了

变成了不能吃的红薯
来不及说的话给咽回去了
变成了不能说的话

把发芽的红薯埋进土里吧
箴言如是说
把不能说的话埋进心底吧
就此陷入沉默

这是一个错误的类比
你的语言不会长出真实的叶子
你的沉默必将一无所获
石头不能借由雷霆、暴雨
改变什么

在如此严肃的话题下
一棵红薯显得微不足道
在被人遗忘的角落悄悄发芽
俨然宣告它的新生
它有日益枯竭的一面，它有
被唤醒的，天真的一面

（原载《诗刊》2021 年 1 月上半月刊）

平沙落雁

余笑忠

河滩上，数百只大雁，黑压压一片
喧嚷的舞台，认不出头雁
看不出长幼之别
更远处，还有雁阵沿河岸低飞
它们的白尾巴
因为绿树映衬
成了薄暮时分最后的亮色

翻山越岭而来，以欢鸣
一路接力而来
那幼小的在高处，被有力的振翅
扇起的风轻轻托举

这庞大的部落，不爱啸聚山林
独爱一目了然的沙滩
独爱傍水而眠

河水静静流淌
遍及河堤的芭茅
不再甘于罚站，不再冷眼相顾
而是怒放如花

（原载《扬子江诗刊》2021年第2期）

黑　马

张　战

黑马掠过黑隙
夜晚还原了黑
不是有了电灯
就再没人燃起蜡烛
屋里灯光太亮
瓦缝却能收藏碎影

哪里都会有被脚后跟磨破的袜子
哪里都会有因怕狗而不敢进村庄的人
总是爱得更多的人爬上了云梯
而爱得少些的人又抽走了梯子

但请在晚餐时摆下这样一张餐桌
从橙黄的陶罐里倒出灰蓝的牛奶
请咬碎你齿间的夕阳让它甜汁四溢
你嘴里的葡萄并不是最后的一颗
请坐下品尝，不要恐惧

（原载《诗刊》2021 年 3 月上半月刊）

在沱江与长江交汇处

张　战

你知道一条江里的水有多少层
多少股吗
最底层的水流是最急还是最缓
中间那一层是清还是浊
水总是你挤我，我挤你
像孩子们在狭窄的走廊里用胳膊肘互怼
它的深喉吞进和吐出过多少鱼
有时我看见一条江的幻影从你脸上掠过
光影使你脸上的沟壑柔和
有时那条江就在人流汹涌的大街上
我也正在水里
眼睁睁看着水浪拍碎在我头顶
我多希望我能不畏惧
曾有一刻我和你一起站在江岸看水
岸上有人歌唱
漩涡里有温柔的叽咕声
红嘴鸥的身子是融雪的颜色
我希望我的手掌能接住雨燕一触即离的吻
它的脚细得能在针尖上跳舞
一条江就是一股长长的交缠着的粗绳
但我希望它有时能散开如女人顺滑的长发
这混沌的水啊
哪怕全都清澈

也是各种力相抗相叠

我们着迷于河面的漩涡与洄纹

右边的水急匆匆奔涌前去如义士赴崖

左边却有一支回转来

如汽车在红绿灯前掉头

猛撞上往前奔涌的水圆鼓鼓的肚皮

时时生，时时逝，时时变

是什么把这一切带走

柔软至虚无的江水

无处不是伤口

无处不是缝隙

无处不在愈合

（原载《诗选刊》2021 年第 6 期）

蝴蝶标本

张　毅

夏天，我们的手伸向栅栏的蝴蝶

蝴蝶在手心里挣扎。它幼小的身体

如一团空气。我们把它装进花瓶时

夜色已降临。游戏在继续。我们隔着玻璃

看它不停地拍击翅膀，直至窒息

做标本需要这些工具：昆虫针和展翅板
我们把昆虫针插入蝴蝶胸部，钉在
凹槽里，将翅膀铺在展翅板上
让时间吸走蝴蝶的血液和灵魂
我看见灵魂脱离蝴蝶身体的轨迹

我多次梦见那些蝴蝶标本在尖叫
它们抖动带血的翅膀朝我扑来
我看见无数个标本在沉默中挣扎
我多次描述过那只蝴蝶
我是另一个标本，关于罪恶和毁灭

怀念蝴蝶，那些贯穿灵魂的斑纹
以及在生命枝头最后的显现
蝴蝶，我最初的抑郁与你有关
如今，我在时光中凝望
夏天如同黑夜的走廊，空空荡荡

（原载《青岛文学》2021 年第 9 期）

一匹忧伤的马

张　毅

我熟悉马。我熟悉马蹄的声音
熟悉它们吃草、行走、奔跑的身影

它们的毛色和忧伤的眼神。我熟悉
那些木轮马车，车轮如同祖父的脸
在北方乡间，我常与那些马相遇

有一匹马和我同龄。我五岁时
父亲把它从牛棚牵出，用一块脏布
把马的眼睛蒙住。光线昏暗的磨坊里
马围着石磨一圈圈转动
那个下午十分漫长。马的生命
变成一条无限延伸的黑暗之路

记忆中，那匹马挣脱绳索逃走了
却在一个大雪之夜返回我家院子

某个冬天，大雪一场压着一场
外出筑路的乡亲坐着马车往家赶路
北方白茫茫一片。我在村口等待马车回来
那时马车已经行驶了三天三夜
马的眼前一片模糊。马的嘶鸣划破夜空
那匹马死了。那匹马死后被我们吃了
那个冬天，雪悄无声息地从天空落下

我离开乡村已经很久了。某个夏夜
我在海边的房子里梦到那匹马
它一动不动地望着我，眼含泪水
它想对我说什么又欲言又止

那匹马从我梦中飘走了。它先是奔跑
不停地奔跑，然后逐渐脱离了地平线
变成一朵红色的云团，向空中飘去

（原载《青岛文学》2021 年第 9 期）

孪　生

张二棍

和我同一刻出生的大黄、小黑
早已死去良久。和我同一刻
出生的，一头大象，一条蟒蛇，一尾鱼
一棵树，一株草，一种病，一只蜉蝣
它们去哪儿了？我出生的那一刻
一定还诞生了，一座岛屿，一条小路
一枚子弹，一朵云，一场台风，一把琴
……太多了。假如天地间
是一个巨大的子宫，与我同一刻
诞生的万物，就是我的孪生
我这些哑默的、暴烈的、神秘的、猥琐的
无名的……兄弟姐妹们啊，我们一出生
就各自散落在，洞穴里、沙漠中
黄土下，乃至墙角、下水道、垃圾桶
我们荒芜，生锈，见光死。我们
漂泊，断裂，被践踏，被吞噬……

而我此刻的讲述，如此平静，仿佛
我也早已历经这一切，并替
这诸多孪生，如一件遗物般
苟活下来，不悲不喜，不像是
曾在某一刻，一起降临过

（原载《人民文学》2021 年第 9 期）

旧影集

张洪波

一张又一张当年合影
在旧影集中　那么多人
我也在其中隐蔽

大家都还新鲜
脸上有些灰尘也算正常

也有其他潜伏在其中
当时不太懂
过后才知道

这是一群人　那么多
各式各样　各种内心
坐着或站着　一群人

在一个特定时间
貌似团结

旧影集　为了那么多人
它该有多么包容

（原载《诗探索·作品卷》2021 年第 2 辑）

荷

张进步

当我用绿手掌托着露珠的时候
一只蜉蝣不断地撞击着我带刺的茎秆

于是我把沾满露水的红色心脏也升了起来
一群青蛙在浅水里随着我的心跳唱歌

于是我又举起自己的头颅——装满种子的头颅
一只站在芦苇上的翠鸟对着湖水的镜面发呆

于是我便剥开了自己的莲蓬头——拿出灵魂：
几颗小小的小小的用苦心凝聚的露水

（原载《诗探索·作品卷》2021 年第 3 辑）

晚　归

张佑峰

奔流了一个汛期的河流慢下来了
那些一再被洪水淹没的河心洲上
芦苇终于站直了身子

黄昏时分，我喜欢这样在河边的大堤上久久伫立：
看落日的余晖怎样给万事万物镀上光泽
看晚归的人们，迎着余晖，去往自己的星宿安歇

（原载《红豆》2021 年第 12 期）

纸厂遗址

张远伦

我的麦草就是挑到这里卖掉的
据说会变成纸张
我从未能看到我的麦草的涅槃
以及成为经卷的样子
但是我祝福它们
每一根都能承载一个不简单的汉字
别是繁体字，会重一些
我的麦草都很轻盈
我就在纸厂旁边一公里外

小镇中学里读书
一捆麦草，几乎就可以拯救我一周
后来我家麦草卖完了
我就等着一张纸来救我
录取通知书，可能也是我家麦草
变幻而成的。如今
我对这个污染源的深切感激还在
只不过，我感激的
是残垣断壁和白日梦

（原载《福建文学》2021 年第 10 期）

耳朵能看见的

张执浩

布谷回应布谷的叫声仿佛
布谷的回音，在楼宇之间
弹来跳去。树叶挨着树叶
风让它们一会儿疏远一会儿紧密
阳光在户外缓缓位移
每动弹一毫米就有倾斜发生
我在悲伤中扶稳自己
春天已经来到了窗前
耳朵能听见的都是我能看见的
包括你在远方张望远方

你在黑暗中噘起嘴唇
先学习亲吻，再练习
面对涂黑的墙壁吹响哨音

（原载《花城》2021 年第 1 期）

雪的启示录

张作梗

雪最初大于融化，
但最终总是会被融化吞噬。
我们夹在其间像一个无辜的目击者。
然而记录仍是片面的，
因为消失并不主要由视角负责，
而是来源于水；
就算此刻下着雪，
意识依然会幻化为水塘，
令多数雪花消弭无踪。
这就像去看一场暮春的花展，残花让
观花者去到过往，
而凋萎总是把人们拽回当下——
面对一个乱象的结局，
几乎就是我们共同的宿命。
——这也是每一场大雪最终归顺于
融化的原因。它佐证古人确曾

走出户外，在一个早已
消失的园林蹀躞、
徘徊——踏雪寻梅；
至于后来，雪去了何处，
梅花是否找到，那是时间的秘密，
我们不便妄猜，也
无从知晓。

（原载《边疆文学》2021 年第 6 期）

老　境

张常美

长得面老，也许这不是坏事
在不惑和知天命之间
仿佛我真的获得了
一条可以自由穿梭的通道
那么多猝不及防的事情
已提前遭遇。现在的乱麻
可以避开不解
这可以尽情挥霍的十年
既可以倚老卖老，在无计可施时
不该撒的泼我也能撒
做贼，却没有心虚的感觉

一副老相，一副世界也拿捏不住的底牌

（原载《诗潮》2021 年第 2 期）

和夜晚待在一起

张敏华

父亲走了，但姑妈说他并没有走远，
而是和夜晚待在一起
月光照在父亲干瘦的脸上，
见过父亲遗容的人
都说他睡得自然，安详，慈爱。

每次在午夜或凌晨醒来，我习惯
去父亲的卧室，但不敢推开卧室的门，
更不敢打开卧室的灯，
生怕会惊醒熟睡中的父亲。

父亲和夜晚待在一起，
打开窗，让夜色挤进来，我把手伸到窗外——
风吹在我惺忪的眼上，
夜色笼罩在银杏树的枝头，
树叶沾满了露水。

“父亲去哪了？”

想着，想着父亲，天就亮了——
父亲的卧室，只是
一间卧室，它里面，除了没有父亲，
什么都在。

（原载《星星·诗歌原创》2021年第2期）

默片演出

张静雯

路过电影学院和它的书报亭
路过元大都遗址和它的公园
路过拉二胡的老人和他的小曲儿
路过蒲公英和它的种子
路过一些柳絮
一些流动的浮萍
一些鸟叫声
一些杏树和它青色的果实

路过正在玩耍的孩子
路过地铁的隆隆声响
路过被风带动的垂柳
低飞的麻雀

我是一个无人认识的导演

自己编剧自己表演
他们并不知道自己也参与了演出
这些陌生的群众演员
我们在一同表演

现在我在这水边坐坐
悄悄跑出来
怠工一小会儿

（原载《诗潮》2021年第8期）

一个盲人在爱他的孩子

张新泉

像爱一枚小小的果实
他用手一点点摩挲
从孩子的五官
到小腿小胳膊
（他摸得出色泽和瘢痕吗
青涩或芬芳，蓬勃或孱弱）

他的手有些颤抖
除此之外都很静
静在此时此刻
是不是一支嘹亮的歌？

现在，他用嘴去亲那双眼
用吻，去迎那眸子中的
丽日、长河、鸽哨、花朵
（鸟翅和炊烟是纯甜的吧
一队白羊从虹桥上走过）

下午，公园的一把长椅上
一个盲人在爱他的孩子
（一批巡航导弹亲吻科索沃）
世界一如既往。生存的环扣中
谁已溺水？谁在喊渴？

（原载《红岩》2021年第2期）

寒　江

张新泉

所谓寒江，就是
水都藏了
苇都枯了
鱼都躲了
唯三五灰雀
在镜面似的冰层上
练习自由滑

谁的爪子
被冷，咬了一口
便子弹般
啸叫而去

渔船都围在一起
做取暖状
不知它们谈不谈论
防寒服和烤火费……

亭子上伸下一支
电子钓竿，鲜红
像是在为寒江
输血

（原载《黄河文学》2021 年第 5 期）

关于我

张曙光

我跌跌撞撞活着，像个白痴。
我时常把冬天当成夏天，把白天当成夜晚。
我朋友很少，也没有可以夸耀的事迹。
我的故事平平淡淡，没有毒龙和公主。
我并不憎恶女性，不会用她们美丽的身体

装饰储物间的衣柜。我戴着面具
更多时候是眼镜，只是为了遮掩住悲伤。
我望着天上的云朵发呆。我对很多事情失望
包括我自己。我喜欢这样的自己：
软弱，固执。少许愤懑和更多绝望。自我享乐且叛逆。
到这里。
我喜欢美和善，却不想为它们做出定义。
深处。
我爱我所爱，恨我所恨，尽管一切只是徒劳。
我听古典音乐和爵士。我喝红茶和黑咖啡。
我会在一朵纸玫瑰中闻到香气，把砾石
当作星星，然后重新投掷到天空。
我的世界很小也很大。我从中理解着无限。
我向往大海，却守护着一池清水。

（原载《草堂》2021 年第 2 期）

遥远的甜

赵 青

南方小城深秋的时光里
桂花淡淡的香
我走过歪歪斜斜的石板老街
在一个不起眼的铺子里
买了一些烘干的龙眼

儿时记忆中
这棕色的果肉
有着珍珠般稀罕的甜

还有一些记忆
也连接着一种甜的滋味
我那时上小学
弟弟还在幼儿园
秋天的中午
楼下传来铁器相碰的脆响
从阳台往下看
背篓上平摊着脸盆大的一整块糖
只记得是红苕和甘蔗熬成的
却想不起叫什么名字

就在我和小弟眼巴巴地张望中
下班回家的母亲
用手帕包回了一大块刚敲凿下来的糖
晒得有点发软　边缘开始溶化
那是一种能粘住记忆的甜

许多年过去了　回想中的两种甜
有着我难忘的童年

（原载《诗探索·作品卷》2021 年第 3 辑）

女民工

赵亚东

我们都喊你老于
有一次在农贸市场，我遇见你
左手一袋大米，右手一袋子卫生纸
牛仔裤裹住了你发福的中年
塑料凉鞋里，五根脚趾被水泥烧得面目全非
在建筑工地，你搅动水泥和沙子
被呼来喊去，有时还被男民工们调戏
你用铁丝绑紧裤子，用皮带勒紧胸
但是你依然要睁开一只眼睛
你还要留下一半的脑子，想儿子
他在山西读大学，他需要你的汇款单
据说他有了女朋友，这是你今年来唯一高兴的事
你的男人，醉酒，嫖娼
几顿拳脚，又把你唯一的高兴打死了
站在工地的楼顶，每次你都想跳下去
每次你都会转身，你想等儿子念完这最后一学期
你还想赚够一口红松棺材的钱

（原载《诗探索·作品卷》2021 年第 1 辑）

细　节

赵思运

直到父亲临终前那几天
我才发现
他睡觉时习惯于
两脚交叉
紧紧地扣在一起

父亲一生的胆小和谨小慎微
都深深藏在这个细节里

也正是在那时
我才忽然意识到
这个习惯我也保持了四五十年

（原载《江南诗》2021 年第 4 期）

樱花闹

赵晓梅

这么多的樱花，霸道地围住
四月的丽江。它完全突破了
花开的秩序和灵魂的禁锢
它的绽放，不是一朵接一朵地开

也不是一串唤醒一串地开
更不是一枝牵动一枝地开
而是一树催促着一树，瞬间齐放
它的开放，让丽江的美含着粉红的羞
妖艳中露出一些妖娆
妖娆中还带着无法抵抗的诱惑
这个时候，来到丽江的人
没有一个人能主宰得了自己
就连众神相伴的玉龙雪山
也披上一身洁白的铠甲
威武地来到人间
心甘情愿，守护樱花的娇艳
云朵依在樱花枝头，打探四月的秘诀
为什么丽江的四月，只属于樱花
于是，我更加坚信
樱花，是丽江的神灵供养的花仙
只有神灵的点化，樱花开放的丽江
才能成为人间仙境

（原载《芒种》2021年第8期）

蝶　心

正　月

在它们用力拖拽猎物时

我的小女儿出现了
相对于这些弱小的蚂蚁
她所投下巨大的影子
足以让它们恐惧

她随手划出一条弧线
都是一种无法逾越的鸿沟
是的，在它们的眼里
她无疑就是一尊庞大的神

但她一直控制着自己
没有拿手指碾压
更没有在回家的路上
设置任何障碍

她只是小心地把它们
拖拽的花蝴蝶，从其怀抱中
拉了出来。为了弥补
这种亏欠，她又将
一块饼干，放在了它们的洞穴口

（原载《诗歌月刊》2021 年第 2 期）

水边的毛桃树

左　手

我从未完整收获那棵长在水边的毛桃树
结出的果实。许多年来
河渠得到的毛桃总比我多，那些水里
游动的小幽灵，淹死的鸟
逆行的蛇类，接纳的夏天比我更完整
密集。我站在树下，必须承认一棵树的命运
承认一棵树存在于水边的意义
它的身下，一半是永不翻身的大地
另一半是奔赴远方的河流
这个夏天，就像从前所有的夏天
我依旧举起长竹竿敲打桃枝
许多遗失的事物跌入故乡的容器

（原载《星星·诗歌原创》2021 年第 3 期）

在过街天桥

芷　妍

桥下车流涨潮
暖风玉体横陈
世界除了海还是海
人群和万物都在一层层不停涌动

一呼一吸很新鲜被固定在陈旧的身体中
如同婴儿单薄跳动的囟门
所有灯光蠢笨站立
只会照亮所有皮囊
根本看不到这个夏天已经大雪纷飞

我的眼睛多虚伪
编织，描绘，勾勒一个静好的人间
我当然就是信以为真

童年一直没有长高
几十年前的花朵依旧唯恐我睡去
伸出艳丽犄角

已经人到中年
可是即使到了逝去那一天，我也怀抱海棠
如同一个小姑娘

（原载《诗影响》2021 年第 3 期）

塔里木河

邹　进

若是一对兄妹
我不怀疑他们就是神的儿女

塔里木河，西域的女子！
躺在塔克拉玛干旁侧
他们繁衍了这里一切的生命
一部口述的爱情故事
越讲越让人感动
叶尔羌河、和田河、阿克苏河
终于在阿拉尔汇聚
没有哪一条河流像她这般
被两岸的棉田吸干
乳汁凝结成一个个白色花朵
不惧跟玫瑰争芳斗艳
也没有哪一条河流像她这般
被囚禁在沙漠之中
深知没有解救的希望
径直奔向永生之域
早就养成的孤独的性格
只与风景和岁月为伴
那个世界已不复存在
散落的破碎的神像和古老的瓷片
都被她记在了心里
在我的想象中复原
唯有忠贞浸润着她的灵魂
因而受到命运的偏爱

（原载《芒种》2021 年第 9 期）

暮　晚

周　簌

暮晚，我坐在楼顶看流云
晚风吹拂，昏鸟贴着天边静默地飞翔
铁线上鼓风的白衬衣，碰了碰我
又羞赧地滑向另一头

我在等夜色陡然覆盖我
或者我覆盖夜色中的一小块深渊
直到黄铜色的流云流尽
几道隆起在天边的疤痕
隐于信号铁塔后面

一轮镰月就要把夜色举起来

（原载《诗选刊》2021 年第 1 期）

凛冬将至

庄晓明

凛冬将至
我得准备一些保暖之物
好回到自己的洞穴

我在这个世界
已周游了一圈
徒然承受了许多忧患
并未寻到安息之地

我也曾向自己的内部张望
却看到一个深渊
一条落寞的影子愈坠愈深

死，还是活
依旧是一个问题

凛冬将至
我得抛弃多余的，好缩回
自己的洞穴里冥思

（原载《湖州晚报》2021 年 1 月 16 日）

贫穷吞噬一切

宗小白

贫穷吞噬一切，却没办法对付孩子。
孩子们会把贫穷捉住，穿上铁丝，烤知了一样架在火堆上
孩子们还会把贫穷从野地里拔起，洗干净泥巴，使劲吮吸根部的汁液
孩子们还会把贫穷当成破旧的书包，丢三落四地忘在炊烟的河边

贫穷吞噬一切，却没办法对付孩子。
它只有耐心地等着
这些孩子长大

（原载《诗探索·作品卷》2021 年第 4 辑）

群　山

祝立根

落在群山中的雪
落在了你的肩膀上、脸颊上……
来年春天，群山会报以汹涌的绿意
但你不知道，在幽暗中要囤积多少亩
白发，才慢慢从你的身体里长出来
泪水，要途经怎样的峡谷和险滩
才从你的眼眶中，缓缓地流出来，你不知道
落在你身上的雪，是怎样的爱
又或怎样的怜悯与惩戒

（原载《诗刊》2020 年 11 月号上半月刊）

参观钢铁厂

祝立根

原来我在这儿出生，身体的模具里

藏存过那么多岩浆般的热爱和体温
原来我在这儿长大，在这儿
一寸一寸变冷，一天比一天变得坚硬
锻造了那么多的薄刃和长钉，原来
我就是我自己的镣铐
刑具，头顶上叮叮当当的铁链和铁钩
我就是我的白肋骨和灰穹顶
一直庇佑着的是，一颗滚烫的落日之心
轰隆隆的炼钢炉，我在这儿受审、反驳
成为自己的越狱者和守护神
原来这儿就是传说中的大教堂
通往天堂的荒凉火车站
汪洋大海中，风雨飘摇的唯一的渡轮
我在这儿祈求、忏悔，在这儿
领取同额等价的爱与恨，那么多
我和别的我，撞击在一起的烟花和钟声
那么多的我，在恢宏的天幕下
排着阴郁的长队，那么多的我
在明明灭灭的警示灯里，去往各自的
旷野和窄门，那么多的我压扁、抽空
切割又焊接着，一个个理想之外的
刺刀、保险柜，下水管道和轴承
永动机的轴承，有血有肉的
螺丝钉，一个又一个家庭的顶梁柱
匍匐在泥土中的，一根又一根颤抖的铁轨
那么多的我，我、我、我，和我……

在没有尽头的圆形轨道上
在碾压和被碾压的尖叫声中
一直想要拥抱在一起，却又永远隔着
一个拥抱的距离

（原载《昆明文艺》2021年第1期）

深夜读一个人的诗

臧海英

深夜读一个人的诗
就是去见一个人。
他不知道我
但我读他的诗。
一首一首读下去
每首诗都是他形象的一部分
最后是他的照片。

诗人在他的诗里，抚慰了我。
谢谢他
他并不知道我的感谢
也不知道我读他的诗。
诗人眼神冷峻，在照片里望着我。

读完一个人的诗

此后忘记，或者想起他还有余温。
关掉灯
诗人和这个夜晚一起休息。

（原载《诗选刊》2021 年第 10 期）

石　磨

紫藤晴儿

一定是先爱上它的声音，呜隆，呜隆
沿着它的声音找到一个小镇
找到小镇上的所有的人
找到一条芦青河，汪洋于河水的时间
又找到了一艘古船
似乎什么都可以找到，回响于那个声音
我的心也似乎找到了故乡的位置

呜隆，呜隆，隔着多远它都如此地贴近耳朵
风吹过的苍茫
历史携带着尘埃都被它轻轻越过
一个小镇的沉浮也被它一掠而过

它在哪呢，一本书被无数的人翻阅过
它磨损的都是光亮
光芒

如果它还会给世人以刺痛，一定是那样时空我们能够真心
爱过，像我们爱我们的父辈
也爱大地上一切的荣辱得失
在未曾经历的唏嘘中，或者在你经历的阴影中
它始终都在替时间发声

（原载《山东文学》2021 年第 8 期）

2021 年选系列封面绘图画家介绍

黄菁 广西艺术学院美术学院教授，中国美术家协会会员，广西美术家协会理事，漓江画派促进会理事，中国南方油画山水画派研究院研究员，北京当代中国写意油画研究院理事。

《三江写生》 黄菁 2018 年

黄菁画作短评

（黄菁）不会把自己设计在一个既得的视觉符号里，以此换得所谓风格的建立，即便建立了符号或图式，他也会在有新鲜视觉到来时搁置它而另开新局。因为黄菁忠实于自己的感受，相信作品的独立价值。他认为每个画家都有一定的概念惯性和思维，这其实是风格、特点确立的基础。然而好画家却往往是在建立概念后，打破概念，再建立概念的循环渐进中确立自己并找到快乐的。因而黄菁选择一个题材一种画法的时候，也会很在意它是否可持续发展，是否有开拓专题的前景。

——刘新（广西艺术学院教授）

图书在版编目（CIP）数据

2021中国年度诗歌 /《诗探索》编辑委员会选编；林莽主编 .-- 桂林：漓江出版社，2022.2

ISBN 978-7-5407-9212-1

Ⅰ. ① 2… Ⅱ. ①诗… ②林… Ⅲ. ①诗集－中国－当代 Ⅳ. ① I227

中国版本图书馆CIP数据核字（2022）第009334号

2021 ZHONGGUO NIANDU SHIGE

2021中国年度诗歌

《诗探索》编辑委员会 选编

林莽 主编

出版人：刘迪才

责任编辑：谢青芸

书籍设计：石绍康

责任监印：张璐

出版发行：漓江出版社有限公司

社址：广西桂林市南环路22号 邮编：541002

发行电话：010-65699511 0773-2583322

传真：010-85891290 0773-2582200

邮购热线：0773-2582200

电子信箱：ljcbs@163.com

微信公众号：lijiangpress

印制：香河县闻泰印刷包装有限公司

［河北省廊坊市香河县安平镇二街 邮编：065402］

开本：710mm × 1000mm 1/16

印张：17.5 字数：240千字

版次：2022年2月第1版

印次：2022年2月第1次印刷

书号：ISBN 978-7-5407-9212-1

定价：50.00元